新潮文庫

ふしぎな夢

星 新一 著

目次

ふしぎな夢

ふしぎな夢

「昭一、そろそろ起きなければいけませんよ」

と、母に声をかけられ、昭一は目をさました。そして、ねどこの上に起きあがって首をふった。どうもこのごろ、よく眠れないのだ。夏になり、暑い日がつづいたせいかもしれなかった。

夜おそくまでむし暑く、眠りが浅いのだった。そのためか、毎晩のように夢を見た。しかし、こわい夢ではなかった。

夢にはいつも、見知らぬ町があらわれる。どこの町だろう。まえに行ったことのある町なのだろうか。昭一はいろいろと考えてみたが、見たことのある景色ではなかった。

しかし、これは夢なのだし、夢にはもっと変な景色があらわれることがよくある。アメリカともソ連ともつかない、妙な町を夢に見ることだってある。だから、夢の見知らぬ町については、あまり気にしなかった。

といっても、気になることがないわけではない。その毎晩の夢にいつもあらわれる、ひとりの少年のことなのだ。年は昭一と同じくらい、元気でほがらかな少年だった。もちろん、はじめは気がつかなかった。だが、いつもあらわれると、しだいにふしぎに思えてくる。

だれなのだろう、どこで会った友だちなのだろう。朝になって目がさめるたびに、昭一は考えてみた。だが、心あたりはなかった。夢のなかで会うたびに、しだいに仲よくはなってきたが、名まえを知ることがどうしてもできないのだ。

昭一は気になってならないので、朝食の時に父に聞いてみた。

「ねえ、おとうさん。毎晩のように夢を見るんだよ」

「そんなことは、よくあることだよ。暑いのと、勉強しすぎかもしれないな。しかし、もうすぐ夏休みだ。休みになったら、少し気ばらしに遊ぶんだな」

と、父はあまり問題にしなかった。

「だけど、いつも同じ人があらわれるんだ。年はぼくと同じぐらいだけど、今まで会ったこともないやつなんだよ」

「変な夢だな。しかし、そいつにいじめられるからといっても、夢のなかのことでは、おとうさんにもどうしようもない」

「ちがうよ。仲よく遊ぶんだよ」

「そうか。それならいいじゃないか。あまり気にすることもないだろう」

父は相談にのってくれなかった。だが、昭一にとっては簡単に片づけられなかった。今夜も、眠れば夢できっと会うのだから。

「だけど、なんとなく心配だから、学校の帰りに、お医者さんに寄ってみようと思うんです。いいでしょう」

「いいよ。昭一は少し神経質だな。しかし、医者ならなんとかしてくれるかもしれない。きょうでも寄ってみなさい」

と、父は許してくれた。昭一は食事を終え、学校に出かけた。

学校でおもしろい授業の時は、べつに夢のことなど思い出さない。しかし、つまらない授業の時は、考えがそのほうにいってしまう。

あの少年はだれなのだろう。学校にいる、ほかのクラスの者たちをつぎつぎに考えていったが、そのなかにはいなかった。

また、子どもの時に遊んだ、家の近所の友だちや、通学の途中で会う者のなかにも、思いあたらないのだった。

昭一は先生の話を聞き流しながら、ノートの上に顔を書いた。その夢に出てくる少年の顔をだ。毎晩のように会っているので、似顔がかけるほど、頭のなかにはっきり残ってしまったのだ。いったい、この少年はだれなのだろう。

授業が終わり、休み時間になってから、昭一は、そのノートにかいた顔を友だちに見せて聞いた。

「おい、こんな顔のやつを知っているかい」

「知らないな。この学校にはいないぜ。だれなんだい」

と、友だちは首をかしげた。昭一はこう答えた。

「時々見かけるやつなんだが、前にどこかで会ったことがあるような気がするんだよ。だけど、どうも思い出せないんだ」

夢に毎晩あらわれると言っても、信用してくれないだろうし、むりに信用させたら、どうかしていると思われるだろう。そのため、ちょっとうそをついたのだ。

「直接本人に聞いてみたらどうだい」

「しかし、失礼だものな。テレビかなんかに出てくる俳優かもしれないと思うんだが、見おぼえはないかい」

「さあ、あんまり俳優については覚えていないな。テレビのことなら、ほかのやつに聞いてみろよ」

昭一はほかの友人に聞いてみた。だが、テレビのドラマに出ている者ではなさそうだった。野球かなんか、スポーツの新人選手かとも思ったが、スポーツにくわしい友人の話でも、こんな顔の選手はいないという話だった。

映画が好きで、映画雑誌をよく読んでいる友人にも見せた。だが、同じような返事だった。

「こんなスターはいないな。第一、どう見ても、スターになるような顔じゃないぜ。映画に出るには、なにか特色がなければだめだ」

「そう言えばそうだな」

と、昭一はうなずいた。たしかに、ごくありふれた顔つきなのだ。

こうなると、夢の少年は、昭一とはいままでまったく会ったことのない者ということになる。それがなぜ、夢にあらわれるのだろう。しかも、毎晩、はっきりと。

学校のかえりに、昭一は医者に寄った。いつもかかりつけの医者は、やってきた昭一に声をかけた。

「やあ、どうしたい、冷たい物を食べすぎ、おなかでもこわしたかい。それとも、アセモでもつくったかい」

昭一は事情を話した。

「ねえ、先生。どういうわけなんでしょう。いままで、こんなことはなかったんですよ」

「さあ、勉強でもしすぎたんだろう。それに、夏の暑さで、少し疲れているんだろう。しかし、気にしないことだな。夢というものは、気にすると、ますます見る。べつに、そのため困ることはないんだろう」

「ええ、困ることはありませんが、やはり気になりますよ。よく眠れないせいだと思うんです。睡眠薬でもいただけませんか」

「だめだよ。若いうちからそんなものを飲むと、からだによくない。くせになると、やめるのがたいへんだ」

「でも、このままでは……」

「夏まけだよ。疲れをとるために、ビタミンを加えた薬をあげよう」

医者はこう言って、薬を作ってくれた。

帰ってから、昭一はそれを飲んだ。だが、毎晩の夢から例の少年を追い払ってはくれなかった。

そして、やがて一学期が終わり、夏休みになった。宿題や予習から少しは解放されたが、やはり、夢にはその少年があらわれてくる。しかし、いぜんとして心あたりは思い浮かばなかった。

夏休みになってまもなく、昭一は隣の家の小さな坊やから、遊園地に遊びに連れて行ってくれとせがまれた。そのことは前からの約束だったので、断わるわけにもいかなかった。

昭一は、気晴らしにもなるだろうと思って、出かけることにした。

その日は、とくに暑い日だった。人々は海や山へ出かけたり、冷房のある映画館にでもはいっているのか、午後の遊園地はすいていた。ふつうだったら、乗るために並ばなくてはならないジェット・コースターにも、すぐ乗れた。

坊やは大いに楽しそうで、さかんに叫び声をあげた。いろいろな乗り物で遊び、ひとわたりすんだが、坊やは指さして言った。

「まだ、あれに乗ってないよ。さあ、乗りに行こうよ」

それは箱形の乗り物で、回転しながら高くあがるしかけのものだった。昭一は坊やに手をひっぱられ、それに乗るために近よった。そして、それに乗ろうとして、ふとそばを見て、昭一は声をあげた。

「あ、きみは」

そばにいる少年が、いつも夢に出てくる少年そっくりだったのだ。そのため、思わず声をあげてしまったのだ。

その少年も昭一を見て、乗りこもうとしていた足をとめた。ふたりが顔を見つめあっているうちに、その箱形の乗り物は動きはじめ、からのまま高くあがって行ってしまった。

「ほら、ぐずぐずしているから、乗りそこなっちゃったよ」

と、坊やがそばで足ぶみをしながら、くやしそうな声をたてたが、昭一にとっては、それどころではなかった。その少年に聞かずにはいられなかったのだ。

「ふいに話しかけて変に思われるでしょうが、ぼくは毎晩、ずっときみのことを夢で見ていたのです。前にどこかで会ったでしょうか」

相手の返事も意外だった。

「会ってはいないでしょう。ぼくは少しはなれた町に住んでいて、夏休みを利用して見物に出て来たのですから。しかし、ふしぎですね。ぼくも夢で、きみのことを知っていましたから」

これまで会ったこともないふたりが、夢のなかでおたがいを見ていた。このわけをふたりは知ろうとした。だが、どう考えてもわからなかった。ふたりは親類でもなければ、共通するような点もみつからなかった。共通することと言えば、きょう偶然に、ここで会ったということだけだった。ふたりは首をかしげたままだった。

その時、そばで、とつぜん大きな音がおこった。昭一とその少年は、そっちを見て、まっさおな顔になった。

乗り物の箱が落ちたのだ。すぐに係りの人がかけつけたが、死傷者はなかった。だれも乗っていなかったためだ。いま、昭一たちが乗るのをやめたため、からのまま動き出してしまった箱だったのだ。

「あれに乗ってたら、ぼくたちは今ごろ死んでいたろう。きみのおかげで時間がずれ、乗らないですんで助かったよ」

「いや、きみに会えたおかげだ」

ふたりはこう話しあったが、すぐにどちらからともなく言った。

「夢のおかげだよ。夢のなかで知りあっていなかったら、ぼくたちは知らん顔をして、さっさと乗ってしまったろう」

ふたりはいままでに気になっていた夢の役めがなんとなくわかったように思えた。

そして、ふたりは友だちになれた。また、もう例の夢を見ることもなくなった。

謎《なぞ》の星座

空港へ

朝の光がへやのなかに差しこんできた。目覚まし時計にしかけてある録音テープが回り、ニワトリの声をひびかせた。それを聞いて、寝床から起き上がったゴローは、ねむそうに目をこすっていたが、すぐ大声で叫んだ。

「そうだ。きょうはロケットに乗って出発する日だった。ぐずぐずしてはいられないぞ」

夏休みになったので、ゴローはロケットに乗って、アルファ星の基地にいる、おじいさんの所にでかけることになっていた。昔の子どもたちは、夏休みになるとおじさんのいるいなかや、おばさんのいる町にでかけたりしたが、科学が進み、人類が宇宙に進出したゴローたちの時代には、ロケットに乗って、遠い星々に遊びに行くのだ。

ゴローは、急いで服を着かえ、朝ごはんをすませ、きのうから用意しておいたカバンを持った。

「おとうさん、おかあさん、行ってまいります」

「ああ、気をつけて行くんですよ」

「だいじょうぶだよ。空港から乗れば、アルファ星まで、まっすぐだし、着けばおじいさんがいるもの。それにロケットではアキコさんといっしょだから、たいくつしないよ」

ゴローは、こう言いながら、隣の家に行った。隣のアキコのにいさんも、やはりアルファ星で働いている。アキコも、いっしょにでかけるのだ。

「さあ、そろそろでかけようよ。用意はいいのかい」

「ええ、カバンは持ったし、あら、忘れ物をしてたわ。クロを連れて行くんだわ」

アキコはあわてて へやにもどり、黒い鳥を肩にとまらせて、もどって来た。このクロという鳥は、科学の進歩によって成功した、キツツキと九官鳥のあいのこで、とても利口な鳥なのだ。それに、人間のことばをしゃべることもできる。

「そんなものを連れてったら、旅行のじゃまだよ」

「だって、あたしのかわいがってるクロですもの、置いていけないわよ」

アキコの肩で、クロが言った。

「ええ。そうですよ」

「ほらごらんなさい。ゴローちゃんも、このクロをいじめちゃだめよ。そんなことをしたら、クチバシでつっつかれちゃうから」

「わかったよ。さあ、空港に行こう。乗りおくれたら、たいへんだ」

ふたりはベルト道路にとび乗った。道の上をベルトが動いているので、これに乗れば、歩かないでも、好きな所に行けるのだ。

ベルト道路は進み、ふたりは高いビルの立ち並ぶ町をぬけて、ロケット空港に着いた。

「あ、たくさんあるなあ。ぼくたちの乗るのはどれだろう」

広い空港に銀色のロケットが、いっぱい並んでいるのを見て、ゴローが叫んだ。

「どれかしら。案内所に行って、聞いてみましょうよ」

案内所のおじさんは、キップの番号を調べて、言った。

「お待ちしていましたよ。アルファ星行きの定期船ですね。そろそろ出発です。ご案内しましょう」

そして、ふたりを小型エア・カーに乗せて、ロケットまで連れて行ってくれた。

「近づいてみると、ずいぶん大きいんですね」

「二十人乗りですから、特に大型です。ではお元気で」

「どうも、ありがとう」

謎のロケット

ゴローとアキコが乗り、しばらくすると、ベルが鳴った。ドアがしまり、スチュワーデスが乗客たちに言った。

「アルファ星行きのロケットは、まもなく出発です。しばらくは重力がかかって苦しいかもしれませんが、がまんしてください」

つづいて、ゴウゴウという噴射の音がひびき、ロケットは地上をはなれた。音も重力もまもなくおさまり、静かな宇宙の旅がはじまった。乗客たちは、珍しそうに窓の外を見つめている人が多かった。ゴローたちも、外のながめに、夢中だった。

「地球も宇宙からながめると、きれいね」

青と緑のまざった色の地球は、窓の外でぐんぐん小さくなっていった。

「ああ、地球ともしばらく、お別れだ」

ロケットは、ますますスピードをあげた。特殊推進機関は昔に比べ、比較できない速力を出せる。

こうして、五日間飛びつづければ、アルファ星に着くのだ。ギラギラ輝いている太陽も、しだいに遠ざかっていった。

どの窓の外にも、星々が地上では見ることのできない美しさで光っていた。白、青、黄、赤と、色とりどりの星だった。

「きれいな星だ」

と、肩のクロも叫んだ。ロケットはレーダーで隕石《いんせき》をよけながら、まっしぐらにアルファ星をめざした。

だが、とつぜん警報のベルが鳴り、ロケットは速力を落としはじめた。乗客たちは、おどろいて口々に叫んだ。

「どうしたんだ。なにか事故か」

それに答えるように、操縦室のスピーカーが告げた。

「事故ではありませんから、ご安心ください。レーダーが前方に小型ロケットがあるのを、見つけたのです。無電で呼びかけてみたのですが、返事がありません。どうもようすが変なので近づいて調べてみます。もし、遭難しているのなら、助けなければなりませんから」

ゴローとアキコは思わず窓の外を見た。そして同時に、

「あっ!」

と叫んだ。暗い宇宙の遠くで、さっ、と青い光が走ったのを見たのだ。

「なんだろう。空気のない宇宙では、流れ星のはずはないし」

だが、ほかの乗客たちは、だれもそれに気がつかないようだった。

ロケットは速力をさらに落とし、謎を秘めてただよう小型ロケットに近づいた。

それは、窓から見えるほど迫って来た。ゴローとアキコは、指さしながら話し合った。

「あのロケットだな。どうしてフラフラただよっているんだろう。故障でも起こったのかな。だけど、無電に答えないのは変だな」

「なかで、なにかが起こったのよ。あたし、なんだかこわいわ」

「ぼくは、さっきの青い光と、なにか関係があるような気がしてならないな」

ロケットは止まり、操縦士がふたり、宇宙服に身を固めて飛び出し、泳ぐようなかっこうで、謎のロケットに注意深く近よって行った。

ふしぎな事故

ふたりの操縦士は、お互いに無電で連絡をとりながら、宇宙にただようロケットのそばまで来た。ひとりは船体にライトをあて、もうひとりに言った。

「あ、番号が書いてある。ロケットの横に書いてあるあの番号から見ると、アルファ星の基地の、ひとり乗り調査ロケットのようだ。だが、いったい、どうしたのだろう」

ふたりは、ロケットのまわりをひとまわりして調べた。

「おかしい。隕石にぶつかったあともないし、事故を起こしたようなあともない。ひとつ、窓からなかをのぞいてみよう」

そして、窓からのぞきこんで叫んだ。

「おい、人がいるぞ」

ロケットのなかでは、若い男がハンモックの上に横たわって目をつぶっていた。重力のない宇宙で使うハンモックは地上のと違って、細長い網の袋のような形だ。それにはいって、男は身動きもしない。

「死んでいるのだろうか」

「いや顔色から見て、死んでいるのではなさそうだ。眠っているのだろう。ひとつ、われわれが来たことを知らせてやろう」

ひとりは腰につけている自動ハンマーをはずし、ロケットをたたいた。こうすると、ガンガンいう音がなかに伝わり、目がさめるはずだった。だが、なかの男は、そのまま少しも動かなかった。

「目がさめないようだ。どうしたのだろう。こうなったら、なかにはいって調べる以外にない。さあ、はいろう」

ふたりは、ロケットのドアのところへ行った。

そばにあるボタンを押すと、ゆったりとドアが開き、ふたりはそのなかにはいった。このドアは二重式になっている。なかの空気が逃げないためだ。まず外側のドアがしまり、なかに空気が満ちて、それがいっぱいになると、しぜんに内側のドアが開く。こうして操縦士たちはなかにはいった。

「なにが起こったのだろう。なかを荒されたようすもないようだ。修理用の道具もちゃんとある。機械の故障だったら、この道具で、たいていなおせるはずだ」

ふたりは注意深く、あたりを観察した。

「それに食糧も残っている。もしかしたら、悪い病気が発生したのではないだろうか」

「しかし、病気になったのなら、すぐに無電で助けを求め、救助隊を呼ぶだろう。どうも、わけがわからない」

ふたりはハンモックに近より、その若い男の顔をのぞきこんだ。

「眠っているようだが、ふつうの眠り方ではない。あっ、これを飲んだのだ」

そばの机の上には、赤い色の薬びんがあった。それには〝冬眠剤〟と書いたレッテルがはってあった。これを飲むと動物が冬眠するように、長いあいだ、食べ物をとらずに眠っていられるのだ。

「なんで、こんな薬を飲んだのだろう」

「そのわけは、起こして聞いてみればわかる。さあ、手当てをしよう」

その赤いびんは、なかが二つに分かれていて、目をさまさせるには残っているほうを水にとかして、口のなかに流しこめばいい。

ふたりがしばらく見守っているうちに、その若い男の呼吸は少しずつ早くなり、目をパチパチさせた。

「おい、気がついたか。しっかりしろ」

こう呼びかけると、小さな声の返事が口からもれた。

「ありがとう。ぼくは助かったのだな。ぼくはアルファ星の基地で、宇宙電波の研究をやっているヤノという者です」

「どうしたのです。冬眠剤なんか飲んで」

「それよりまず、おなかがへってたまらない。なにか食べてからにしましょう」

「では、われわれのロケットにいらっしゃい」

操縦士たちは、手伝って宇宙服を着せ、ゴローたちのいるロケットに連れもどった。

深まる謎

「あら、にいさんじゃないの。どうして、あのロケットに乗っていたの」

小型ロケットから助け出されてきて、宇宙服をぬいだのを見て、アキコは、びっくりしたように叫んだ。

「おや、アキコか。それより、なんでこんなところに」

「学校が休みになったら、にいさんのところに遊びに行くって言ってたでしょう。こっちはお友だちのゴローくんよ」

アキコは、ゴローを紹介した。

「ゴローです。よろしく」

ゴローにつづいて、肩の上のクロも叫んだ。

「クロです。よろしく」

にいさんは出された食事を食べながら、首をかしげた。

「すると、ぼくは一ヵ月も宇宙で眠っていたことになるんだな」

操縦士たちは、にいさんに質問した。

「どんな目にあったのです」

「ぼくはあの小型ロケットに乗って、宇宙の電波を調べるため、アルファ星の基地を出ました。三日ぐらいでもどるつもりだったのですが、とつぜん、なにものかに襲われ、ロケットのなかを荒されてしまいました」

「相手はどんなやつだったんですか」

と、ゴローはからだを乗り出した。

「それがわからない。自分で襲われていながら、わからないなんて変だが、そのときのことが、なにひとつ思い出せないんだ」

こんどは操縦士のひとりが聞いた。

「だが、われわれの見たようすでは、荒されたふうにも思われなかったが」

「ぼくも、はじめはそう思いました。だが、ロケットを動かそうとして、すぐ気がつきました。レーダーが働かないのです。調べてみると、レーダーの電線がなくなっているのです。これでは、へたに動くと、隕石にぶつかってしまいます。ここで、救助隊を呼ぼうとしたのですが、その無電装置の電線もありません。そればかりか、宇宙電波を調べるためのアンテナもはずされていました。動くわけにいかず、食糧にも限りがあります。最後の手段として冬眠剤を飲んだのです。だれかが見つけてくれるまで眠りつづけようとしたのです」

アキコは、ほっとして言った。

「よかったわね、うまく見つかって」

「ああ、この定期ロケットの航路のそばでよかったよ。もしもっとはずれていたら、いつまでも眠りつづけなければならないところだった」

操縦士は話を聞き終わって言った。

「では、これからあのロケットをひっぱって、アルファ星に急ぎましょう。聞いたこともない事件です。早く報告したほうがいいでしょう」

「ええ、ぼくもそう思います」

ロケットは再び進みはじめた。アキコはにいさんに会えてうれしかったが、その正体のわからない相手が、このロケットにも現われるのではないかと思うと、こわかった。

それはゴローも同じだった。

着陸

みなを乗せたアルファ星行きのロケットは、全速力で進んでいた。窓から静かに輝いている星々をながめ、ゴローとアキコは心配そうに話しあった。

「このロケットも襲われるんじゃないかしら」

「絶対に安全とは言いきれないだろうな」

「いやだわ」

「うん、早く着かないかな」

すると、アキコの肩のクロが高い声で言った。

「ふたりとも心配ばかりして、えさをくれるのを忘れては困りますよ」

「そうだったわ。すっかり忘れてたわ」

アキコはポケットからえさを出して、クロに食べさせた。ゴローも笑い声をあげた。にいさんは窓の外を指さして、ふたりに言った。

「もうすぐだよ。ここまで来ればだいじょうぶだろう。基地に着いて研究すれば、なにか謎《なぞ》の手がかりがつかめるかもしれない」

指さす方角に見える一つの星が、しだいに大きくなりはじめていた。アルファ星に近づいたのだ。ふたりは少しホッとした。

やがて、スチュワーデスが乗客に知らせた。

「みなさま、まもなく着陸に移ります」

ロケットは向きを変え、炎を吹き出しながら高度を下げた。いままで引っぱって来た小型ロケットのほうは、自動操縦によって地面に向かった。灰色をした地面がぐんぐん迫って来て、ロケットは基地のそばに着陸を終わった。

ゴローとアキコは、はじめて見るこの星のながめに見とれた。灰色をした丘が、波を打ったような感じで遠くまでつづいている。ヤノはふたりに説明をした。

「この灰色は植物の色なんだよ。植物といってもコケのようなものだが、それが一面にひろがっているのだ。ここの空気の成分が地球のとちがうせいなんだ。そのため、みなはあのドームのなかで生活しているわけだ。さあ、降りよう」

ロケットから降りた一同は、空気のもれない自動車に乗ってドームの一つに向かった。ドームの直径は五百メートルぐらいあり、透明なプラスチックでできていた。それがいくつも並んでいるのだ。

まもなく、自動車はドームのなかにはいった。車から出たゴローは迎えの人々のなかから、すぐおじいさんを見つけ出し、とびついた。

「おじいさん、こんにちは」

アルファ星の基地で研究所長をしているゴローのおじいさんのモリ博士は、うれしそうだった。

「やあ、よく来たな。おとうさん、おかあさんは元気かい。アキコさんもいっしょだったんだね。どうだい、ふたりとも宇宙の旅はおもしろいだろう」

「うん。だけど、途中で事件が起こったんですよ」

ゴローに代わって、ヤノは、謎の事件の説明をした。モリ博士はそれを聞いて首をかしげた。

「そうだったのか。きみの乗った調査ロケットからの連絡がなくなったので、基地で心配していたところだ。無事でよかった。だが、まったくふしぎな話だな。さっそく調査をしよう。さあ、ゴローたちもおいで」

失った記憶

モリ博士は三人をドームのなかの研究所に案内した。そして部下のひとりに、襲われたロケットをよく調べてくるように命じた。また、ヤノには、こう聞いた。

「しかし、事件をなにひとつ思い出せないというのも変だ。襲われたショックで記憶を失ってしまったのかな」

「ぼくはいままで、いろんな危険なめに会っていますから、どんなめに会っても、記憶を失うほど驚くことはないはずですよ」

「では、よく診察してみよう。さあ、この装置を頭につけてごらん」

モリ博士はヤノに銀色の装置を渡し、電気を通じた。装置はいろいろなグラフをしるしはじめた。モリ博士はそれを見つめていたが、驚いたような声で言った。

「うむ。おかしい。これはショックで記憶を失ったものでなく、だれかが、なにかの方法で忘れさせてしまったものらしい」

ゴローは聞いてみた。

「覚えていることを忘れさせることなんかできるんですか」

「いや、まだそんな発見は聞いたことがない。だから、ふしぎなのだ。もしかすると、宇宙人のしわざかもしれない」

「えっ、宇宙人。ほんとうですか」

みなは驚いて叫んだ。ゴローたちは、話では聞くけど、ほんとうにいるかどうか疑っていたのだ。

「いままで人類が探検した星々では、下等な生物しか見つけなかった。だが、広い宇宙には、人間以上にすぐれた文明をもった星があるかもしれないのだ」

「宇宙人のしわざらしいという理由は、ほかにあるのですか」

「ああ、このごろロケットから青い光を見たという報告がよくあるのだ。はじめは光る隕石だろうとされていたが、カーブするのもある。隕石ならまっすぐに飛ぶはずだ。もしかしたら、未知の宇宙船とも考えられる」

ゴローたちは、ここへ来る途中で見た青い光を思い出した。

「それなら、ぼくたちも見ましたよ。襲われなくてよかったな」

そのとき、さっき調べに行ったモリ博士の部下がもどって来て報告した。

「小型ロケットをくわしく調べましたが、すべてのアンテナがはずされているほか、なんの異状もありません」

ヤノはこれを聞いて首をかしげた。

「どういうわけでしょう。やつらはなにが目的だったのでしょう。襲ったことを隠すために記憶を消し、連絡されるのを防ぐためにアンテナを取り去ったのでしょうが、なにがほしかったのでしょう」

だが、モリ博士にもわからなかった。

「わからん。宇宙を飛びまわるやつが、アンテナ用の電線をほしがるとも思えない。あるいは、やつらの目的の物がなかったので、あきらめて引きあげたのだろうか」

ゴローは思いついて、こう聞いた。

「おじいさん、やつらは人類をやっつけるために、まずヤノさんを調べたのじゃないでしょうか」

「そうかもしれん。だが、それなら連れ去ってしまいそうなものだ。これは徹底的に調べなくてはならない。定期ロケットまで襲われたらたいへんだ」

ヤノは立ち上がって、モリ博士に言った。

「その仕事は、ぼくにやらせてください。記憶を消されたままではおもしろくありません。その正体をつきとめてみせます」

「まあ、そう急ぐな。いまこの基地で作っている新型ロケットが、まもなく完成する。

そしたら、きみに乗って出発してもらうことにしよう」

ゴローとアキコは、どんなすばらしいロケットなのか、早く見たいなと思った。

ロブくん

「その新型ロケットって、すごいんでしょうね。早く見たいな」

と、ゴローは、おじいさんのモリ博士にねだった。アキコも、にいさんのヤノも同じ思いだった。

モリ博士は笑って、

「ああ、すばらしい性能だよ。アルファ号と名づけたのだ。だが、わしはこれから会議がある。かわりの者に案内させよう。おい、ロブくんはいるかい」

と、隣のへやに声をかけた。すると、

「はい」

と、いう低い声の返事が聞こえ、ドアをあけてはいって来た者があった。三人はなにげなくそれを見て、あっと驚いた。それはロボットだったのだ。銀色の金属でできているが、人間のように、みんなに頭をさげた。

「ロブさんて、このロボットの名前なのね」

「強そうだな」

と、話し合うアキコ、ゴローに、モリ博士は説明した。

「このアルファ星にはゲルマニウムの資源が多い。それで作ったトランジスターが、このロブくんのからだのなかに、たくさん使ってある。そのため、頭だって悪くない。また、じょうぶな合金で作ってあるので力も強い。しかし、心配することはない。命令にはおとなしく従うのだから。さあ、ロブくん、三人をロケット工場に案内して、アルファ号を見せてあげてくれ」

ロブは、うなずいた。

「はい。さあ、どうぞ、こちらへ」

三人はそのあとについて、工場のあるドームに通じる地下道を歩いた。そして、エスカレーターで工場へ出て、完成近いアルファ号を見た。照明を受け、銀色に輝いているアルファ号は、いままで見たどんなロケットよりスマートだった。ヤノも思わずつぶやいた。

「ぼくが宇宙で眠っているあいだに、こんなに進行していたとは思わなかった。それに、ロブくんのようなロボットが完成しているとは知らなかった」

「速そうだな」

と、ゴローも言った。それを聞いて、ロブは説明した。

「はい。いままでのロケットの倍の速力が出ます。性能もいいし、いざという場合には、まわりに電気の網を張ることもできます」

「電気の網ってなんだい」

「はい。やさしく言えば、磁石の反対の働きを持つものです。磁石は鉄を吸いつけますが、この電気の網は鉄ばかりか、どんな物もはねかえし、絶対に近づけないのです。目には見えませんが、強い網のように近づくものを防ぐのです」

「ふーん。すごい発明なんだね。だけど、ロブくんはよく知っているんだね」

「はい。わたしはアルファ号についてなら、なんでも知っています。覚えさせられました。わたしが乗って、操縦するのですから」

「ぼくらも乗りたいな」

「あたしもよ。ねえ、にいさん、連れてってよ」

と、アキコも、兄に頼んだ。

「だが、それはモリ博士に聞いてみなければだめだ」

アルファ号出発

いよいよ、アルファ号が出発する時刻になった。ゴローとアキコも乗りこむことになった。果てしない宇宙で、どこにいるともしれぬ宇宙人を調べるのは、いつ終わるかわからない仕事なのだ。

しかし、基地の人たちは、みなたいせつな手離せない仕事を持っている。そのため、モリ博士は心配しながらも、ふたりに探検の手伝いを任せたのだ。アルファ号に乗るのは、つぎのとおりになる。

ヤノ・ヒロシ……………艇長

ロ　ブ…………ロボット。操縦その他

モリ・ゴロー

ヤノ・アキコ

ク　ロ

「では、しっかり頼むぞ」

「はい、きっと謎を解決してみせます」

モリ博士や基地の人々の見送りに、ヤノたちは元気に答えた。

操縦席のロブは、ボタンを押しながら言った。

「さあ、出発します」

性能がよかったため、轟音《ごうおん》も衝撃も少なかった。

そして、まもなくアルファ号は暗黒の宇宙を進みはじめた。

「にいさん、いまどこを目ざしているの。相手はどこにいるのかわからないんでしょう」

と、アキコはふしぎがった。

「ああ、手がかりはない。だが、いままでに青い光を見た報告の多い方角に進んでみるのだよ」

ゴローは、ずっと窓の外をながめていたが、不意に大声をあげた。

「あっ。あそこに青い光が見える」

みなは驚いて、指さすほうを見た。

しかし、ヤノは笑って答えた。

「あれは違うよ。あれはロケットのために航路を示す灯台なんだ。電波と青い光を出しつづけて、ロケットの道しるべになっているんだ。同じ青でも少し違うだろう。例の光だと、ロケットに取り付けた装置が知らせてくれるからすぐわかるよ」

アルファ号はあてもなく、何日か飛びつづけた。

そして、あるとき、みなが眠っていると、とつぜんベルの音が鳴りわたった。

「おい、ロブくん。相手はどっちだ」

「あそこです」

眠ることなく操縦席についていたロブは、横の窓の外を指さした。

みながのぞくと、例の青い光が遠くに見え、それはすごい速さでアルファ号を追いかけて来た。

「あんなに速い。ずいぶん近づいて来たよ。だいじょうぶなの」

ゴローとアキコは胸がドキドキしてきた。

だが、ヤノは落ちついて、

「だいじょうぶだとも」

と言って、装置のボタンを押した。これでアルファ号のまわりには電気の網が張られたのだ。みなが待ちかまえていると、青い光はさらに近づき、形が見わけられるようになってきた。

それは円盤形で、ふくらんだ中央の部分が青く光っている。

「あ、あれはたしかに地球のものではない。どんなやつが乗っているのだろう」

「これからなにをはじめるのかしら。ほんとうに電気の網で防げるのかしら」

と、みなは息をのんで見つめた。

黄色い光

謎の円盤はさらにアルファ号に近づいて来た。だが、ロケットのまわりに張られた電気の網は、それ以上近づくのを防いでくれた。

「しめた、だいじょうぶだぞ」

みながほっとして顔を見合わせたとき、円盤は、さっと強烈な黄色い光を発した。そのため、アルファ号のなかは、一瞬まっ黄色になった。ゴローは声をあげた。

「なんの光ですか、ヤノさん。前に襲われたときもこんな光が見えましたか」

「そんな気もするが、よく覚えていない」

すべてのものが金に変わってしまったようななかで、一同はつぎには、どんなことが起こるのかと、しばらくはまばたきもしなかった。

しかし、しばらくすると、その黄色い光は弱まり、円盤はあきらめたような様子でアルファ号から離れ、しだいに速力をあげて宇宙のやみの奥に消えて行った。

「やれやれ、よかったな」

こう話し合うみなの耳に、ガタガタという聞きなれない音が響いて来た。

そして、なにかがぶつかり合うような音に強まって来た。

「へんな音だぞ。故障かな。ロブはどうしたんだ」

と、ヤノが言い、振り向いた一同は、そこに思いがけないものを見た。

操縦席にすわっているはずのロボットのロブが、あたりの物を手当たりしだい、こわしはじめているのだった。狂ったような動きで、電線を引きちぎり、機械のネジをもぎ取り、その強い力で金属の壁をたたいてへこましたりしていた。

「おい、ロブくん。どうしたんだい」

ゴローは思わずかけよろうとしたが、そのとたん、ロブがハンドルをこわしたため、アルファ号が急に向きを変え、ゴローはひっくり返ってしまった。ヤノは助け起こしながら、低い声でこう言った。

「まて、あぶないぞ。ロブのからだのなかに、なにか故障が起こったらしい。近づいてあの強い力でなぐられでもしたら、けがをしてしまうぞ」

「だけど、このままほうっておいたら、アルファ号はこわれ、ぼくたちもいつかはけがをしてしまいます。なんとかロブくんを静める方法はないんですか」

「動くのをとめるには、ロブの耳のところにあるボタンを押せばいいんだが、こうあばれていては近よれない。困ったぞ。いよいよとなったら、銃で頭を撃つほかにないが、それではこれからの旅行にさしつかえる」

ヤノは銃を手にしたものの、ロブをねらう気にもなれなかった。

だが、ロブのあばれかたはひどくなるいっぽうだった。そのとき、アキコが言った。

「いいことがあるわ。ボタンを押すのをクロにやらせましょう。きっと、うまくやってくれるわ」

「うまくやってくれるかな」

アキコは、肩の上のクロに、それを命令した。クロは羽ばたきをしてロブに向かっていった。ロブのあばれかたは、人間ではあぶなくて近よれないほどだったが、クロはうまく身をかわし、クチバシの先でロブのボタンを押すことに成功した。

すると、ロブの動きはとまり、すべての物音がやんで静かになった。

「クロ、ありがとう。だけど、どうしたんでしょうね」

「うむ、よく調べてみよう」

ヤノはロブの首のネジをはずし、なかの機械を調べはじめた。そして、首をかしげながらつぶやいた。

「おかしい。トランジスターの一部が変化している。それが狂った原因となったらしい」

「なぜでしょう。さっきの黄色い光線のせいでしょうか」

「そうかもしれない」

ヤノはアルファ号に取りつけてある光を記録する装置のテープをはずして調べた。

「みなれないスペクトル(光がプリズムをとおってできる色の配列)を示す光だ。こんな光線は聞いたことがない。さっそく基地に問い合わせてみよう」

無電機はこわれていなかったので、基地のモリ博士への連絡はとれた。そして事件のあらましと、光のスペクトルを報告することができた。基地のモリ博士はこう言ってきた。

「そうだったのか。では、すぐ研究して、わかりしだい知らせる。アルファ号はどうするね」

「まず、ロブを直してからです」

謎《なぞ》を追って

ヤノはトランジスターを入れかえ、ロブの修理を終わり、ボタンを押し、動き始めたロブに呼びかけた。

「ロブくん、どうだい、だいじょうぶかい」

起きあがったロブは、あたりを見まわしながら答えた。

「はい。だけど、だれがこんなにしてしまったのです。ひどいこわれようだ」

「なんだい。ロブくんがあばれてこわしたんだよ。クロがとめなかったら、まだあばれつづけていただろうな」

みなは笑った。クロも笑い声をあげた。

「そうですか。どうもへんですね。しかし、まず直しにかかりましょう。それがわたしの仕事です」

と、ロブはあたりの、自分のこわしたものの修理にかかった。そして、ほぼ元どおりになりかけたころ、基地のモリ博士からの無電がはいって来た。

「アルファ号か。例の黄色い光線を研究してみたら、やはりトランジスターに変化を起こす働きを持っていた」

「すると、ロボットを狂わせるための……」

「いや、そうではないようだ。電気の網を通ったから、そう変化したので、まともに当たると人間のほうがおかしくなる」

「どうなるのですか」

「催眠術にかけられたようになる。しばらくするとさめるが、その前後のことはすっかり忘れてしまう。ヤノくんの襲われた時には、どうもこの催眠光線が使われたようだ。おそるべき光線だから注意するように。防ぐ方法がわかったらすぐ知らせる」

「はい、では、アルファ号は追跡をつづけます」

無電を終わったヤノに、ゴローが聞いた。

「だけど、どの方角へ追うのです。あんなにすばやく逃げられては、追いかける方角がわからないでしょう」

「いや、自動高速度カメラで写してあるから、だいたいの見当はつくだろう」

高速度カメラのフィルムを調べ、アルファ号の進路が決定され、全速力にはいった。

「前方に星が見えます」

何日かたち、操縦席のロブが報告した。

「よし、近づいてみろ」

ヤノの命令で、アルファ号は、その未知の惑星に近づいた。

みなは、窓から望遠鏡でかわるがわるのぞいた。

「岩ばかりで、なにも生物はいそうにありませんね。荒れはてた星ですよ」

ゴローにかわって、アキコがのぞいたが、すぐに小さな叫びをあげた。

「あっ。なにか動いたものがあったわ」

「どれどれ」

だが、ヤノが望遠鏡をのぞいたときには、動くものは見いだせなかった。

アルファ号はいちおう、その星を調査するため、着陸に移った。灰色っぽい岩と、物さびしいひび割れた地面だけの星は、しだいに窓の外で大きく広がってきた。ここに動くものがあるだろうか。

へんなもの

アルファ号はその未知の星に着陸した。窓からのぞいてみると、ごつごつした黒っぽい岩山がつづいている。そして、空には、緑色がかった太陽がギラギラと輝いて、うす気味悪いながめだった。

壁に並んでいるメーターを見て、ロブがみなにこう報告した。

「ここには空気がまったくありません。外に出るには、宇宙服が必要です」

「空気がないのなら、生物なんか住んでないはずね。それなら、さっき見た、動いているものはなにかしら」

と、首をかしげるアキコに、ヤノは言った。

「気のせいだったのかもしれないね。ほら、この星には植物らしいものさえ見えない。だから動物はなおさらいるはずがない。しかし、いちおう外へ出て調べてみよう。みな宇宙服の用意を」

一同は宇宙服に着がえ、外へ出る準備をした。だが、クロは宇宙服をつけるわけにいかないので、ロケットに残ることになった。

「つまらないな」

と、言うクロに、ロブが言った。

「そこへゆくと、わたしはなにも着なくてもいいから、便利なものです」

ロボットは呼吸しないから、そのままで大丈夫なのだ。

「さあ、でかけよう」

ヤノにつづいて、一同は外へ出た。岩が多く、じつに歩きにくい地面だった。ゴローはそばの岩にのぼり、あたりを見まわしていたが、そのうち遠くを指さし、

「あ、へんなものがありますよ。あれ、なんでしょう」

と、言った。この声は宇宙帽の無電で、みなに伝えられた。

それは小石をつみ上げた小さな山だった。ちょうど、おだんごをつみ重ねて作ったピラミッドのようだった。色もあたりの黒っぽい岩と違って、銀色に光っている。

「近よって調べてみよう。どうもふしぎだ」

と、ヤノもうなずいた。こんな空気も水もない星の上にだれがあんなぐあいにつみ上げたのだろう。

「あ、あっちにもある」

ゴローは、別なほうを指さした。それにつれてみなが見まわすと、その銀色の小石をつんで作った山は、ほうぼうにあった。

一同は一番近いのを目ざして、歩きはじめた。だが、しばらく行くと、どこからともなく、怪しい物音がして来た。もちろん、空気がないので、地球のような音ではない。細かいふるえが地面から伝わって来て、音のように感じられたのだ。

「へんだぞ。ゆだんするな」

と、ヤノはいつでも撃てるように銃を構えた。しかし、この未知の星では、なにに、どう注意したらいいのか、見当がつかなかった。そして、さらに少し進んだとき、

「あっ」

と、だれもが叫んだ。突然、そばの大きな岩かげから、大きなものが現われたのだ。

それは怪物としか呼びようがなかった。ムカデという虫をゾウぐらいに大きくしたら、こんなものになるだろう。

大きな長い胴で、ところどころから足が出ている。その足でゆっくりと歩き、みなに近づいて来た。

「あぶない。早くアルファ号にもどろう」

ヤノは叫びながら、銃を撃った。だが、たまははねかえり怪物は少しもひるまなかった。

みなはハアハア息をつき、ロケットに向かって駆けた。だが、宇宙服を着ていると、とても歩きにくい。ぬぎすてたいが、そんなことをしたら、真空のために、死んでしまう。

「あたし、くたびれて歩けない」

「止まったら、怪物につかまってしまうぞ。ロブくんにおぶってもらえ」

アキコをおぶったため、ロブの速さも少し落ちた。ヤノもゴローも疲れてきた。だが、怪物は休むことなく追いかけて来る。

近づく怪物

ヤノは時々ふりむいて、銃を撃ったが、怪物は少しも弱らなかった。ゴローは足元に注意しながら急いだ。

しかし、ふと前を見ると、前を急いでいたはずの、アキコをおぶったロブが消えうせていた。

「アキコちゃんが消えた」

だが、声は返って来た。

「ここよ。早く助けて」

「どこなんだい。姿が見えないよ」

ゴローはあたりを見まわしたが、見つけることができなかった。

「ここよ。穴のなかに落ちたのよ」

ゴローは、やっと穴を見つけ出し、ヤノを呼んだ。

「たいへんです。アキコちゃんとロブくんが、穴のなかに落ちた」

その穴はそう深くはなかったが、簡単にはい上がることはできなかった。ヤノはロープを穴にたらし、一方のはしをそばの岩にゆわえつけた。

「いまロープをおろすよ」

「にいさん、早く助けて」

だが、宇宙服を着ていると、作業はそう手ぎわよくいかない。ゴローは追って来る怪物を横目でながめ、気が気ではなかった。

「もう、あんなに近寄って来ましたよ。まにあわないかもしれない」

たしかに、穴から引き揚げるまでに、怪物は追いついてしまいそうだった。そのことはヤノにもわかった。

「よし、こうなったら、みなこの穴にかくれよう。そうすれば怪物に見つからないで、助かるかもしれない」

こう言われ、ゴローはロープを伝わって、穴のなかにおり、ヤノもつづいた。

「にいさん、だいじょうぶかしら」

アキコは心配そうな声を出した。それはゴローも同じだった。

ヤノは、

「わからん。だが、アルファ号までは逃げきれない。うまくゆくかどうかはわからないが、助かるかもしれない方法は、いまこれしかないのだ」

と、言った。一同は穴の底で息をひそめた。

怪物の歩くため起こる地面のゆれは、しだいに大きくなってきた。だいぶ近づいて来たらしい。

地ひびきのため、穴のまわりの岩が少しくずれた。ゴローは悲鳴をあげたくなった。

怪物の正体

穴の上にいまにも怪物が現われるのではないかと、みなは気が気でなかった。しかし、いくら待っても現われず、気がつくと怪物の立てる地ひびきは少し弱まったようだった。ゴローはほっとしたように言った。

「行ってしまったようですよ。ぼくはどうなることかと思った。さあ、穴から出て、こんどはこっちであとをつけてみましょう」

「待て。もう少し待とう。近くにかくれているのかもしれない」

と、ヤノが止めた。そして、しばらく待ってみたが、地ひびきはもう伝わって来なかった。ヤノを先頭にして、みなはロープを伝わって、おそるおそる穴から出た。

「あ、あんなことをしている」

と、ゴローは大声をあげた。指さすところには、考えられないことが起こっていた。さっきの怪物が、少しはなれた所で大きな岩をかじりはじめていたのだ。

「岩を食べてるわ。あんな動物なんてあるのかしら」

と、アキコはふしぎがった。

ヤノは双眼鏡を取り出し、宇宙帽に当てて、それを観察していたが、そのうちにこんなことをつぶやいた。

「いや、あれは生物ではなさそうだ」

「えっ。生物でないのなら、なんなのですか」

「あれは、一種の機械のようだ。空気も水も植物もない星なのに、怪物がいるとは変だと思ったが、機械なのだ。さあ、口のところをよく見てごらん」

ゴローとアキコは双眼鏡を受け取り、かわるがわるのぞいた。怪物の口のなかからは、ドリルのような物が出て、それが岩を砕き、口のなかに入れているのだ。それはほんとに岩を食べているように見えた。

「だれがあんな物を作ったのでしょう。なんのために作ったのでしょう」

ゴローはこう言いながら、見つめつづけた。だが、だれにもそれはわからなかった。

そのうち、ゴローは不意に叫んだ。

「あっ。あの怪物がふんをしたよ」

みなが注意して見ると、怪物機械の後の方から、丸いたまがつぎつぎと出て来て、ふんをしているようにも見えた。

「なるほど。ほうぼうにあった銀のたまをつみ重ねたものは、ああして作られたものだったのだな。わかりかけてきたぞ」

と、ヤノはうなずきながら言った。

アキコは、そのわけを聞いてみた。

「あの怪物はなんのために作られたの」

「おそらく、どこかの宇宙人がこの星に運びこんだものだろう。あれは鉱物を自動的に精錬する装置なのだ。岩を砕いて食べ、金属のたまとしてつみ重ねる。仕事が終わると、金属を多く含んだべつの岩をめざして歩いてゆくのだろう」

「牧場の牛が、草を食べて牛乳を出すようなものね」

「そうだ。ムカデのような足がついているのは、車輪ではこの岩の多い星では動きにくいためだろう」

ロブが感心したように言った。

「つまりロボットですね。ロボットがあんな形にも作れるとは知りませんでした。わたしはいまの形のほうがいい」

ゴローは思いついたように言った。

「そのうち、あの銀のたまをだれかが集めに来るわけでしょう。それを待ちかまえていれば、あの怪物を作った者がわかりますよ」

しかし、そんなのんきなことを言っていられないことが、つづいて起こった。岩を食べ終わった怪物機械は、つみ重ねた銀のたまをあとに、また歩きはじめた。

「大変だ。アルファ号に向かっている。ロケットが食べられ、銀のたまにされてしまうぞ」

アルファ号を守れ

金属をふくんだ物なら、みさかいなく食べてしまう怪物機械なのだ。

「さあ、あれより先にアルファ号にもどって、電気の網で防がないと、大変なことになる」

しかし、向こうのほうが足が早いことは、さっき追いかけられたときに、よくわかっていた。

「どうしたらいいだろう」

と、だれも心配して顔を見合わせたが、いい考えは浮かばなかった。そのとき、ロブが言った。

「みなさん。いい方法がありますよ」

ゴローは驚いて聞きかえした。

「どんな方法なんだい、ロブくん」

「アルファ号にはクロが残っています。無電でボタンを押すように頼んだらいいでしょう」

「それはいい考えだ。なぜ気がつかなかったのだろう。ああ、ロブくんはクロにボタンを押され、スイッチを切られたことがあるせいなんだな」

「ちがいますよ。ロボットは物おぼえがよく、それに、どんな時にもあわてないのです」

そこで、さっそくアキコは無電でアルファ号に呼びかけた。

「クロ、聞こえる？　やってもらいたいことがあるのよ」

しばらく待っていると、羽ばたきの音が聞こえて来た。アルファ号のなかの送話器のそばに、クロが飛んで来たらしかった。

「クロです。なにをしましょうか」

「電気の網を張るためのボタンを押してちょうだい」

「はい。だけど、そんなことをしたら、みなさんがもどれないでしょう」

ゆっくりとわけを説明しているひまはなかった。怪物機械はロケットのすぐそばまで近づいて行った。

「なんでもいいから、早くボタンを押してちょうだい」

羽ばたきの音が小さくなった。

「まちがえずに押してくれればいいが」

と、ヤノは声をふるわした。アルファ号がこわされたらこの岩ばかりのさびしい星に島流しのようになってしまうのだ。

みなが見つめているうちに、怪物はさらに近づいた。

そして、口の先をロケットに向けた。

「クロはなにをグズグズしているのだろう。ボタンがわからないのかな」

と、ゴローがじれったそうに言った時、クロがボタンを押したため、アルファ号のまわりに、目に見えない電気の網が張られた。

みなはその威力を、はじめてまのあたりにした。あの大きな怪物機械が勢いよく押しかえされたのだ。

「電気の網があんな力を持っているとは知らなかった。怪物が苦しんでいるよ」

と、ゴローは目を丸くした。怪物機械は押しかえされながら、電気をうけてパチパチと火花を飛ばしていたが、不意に大爆発が起こった。

小石が飛びちり、砂煙が高くあがって、アルファ号はしばらくのあいだ見えなくなった。

ロブの発見

砂煙はなかなか薄れなかった。みなはいらいらしながら立ちつくした。

「アルファ号はこわれなかったんでしょうね」

と、ゴローは心細い声を出した。

しかし、みなの耳に、クロの声が無電で伝わって来た。

「みなさん、だいじょうぶですか」

「だいじょうぶよ。クロのほうが心配しているわ」

と、アキコが言った。しばらくすると、舞いあがった砂煙はしだいに晴れ、アルファ号の無事な姿が現われてきた。まわりに電気の網を張ってあったおかげだった。しかし、そこには、さっきまであばれていた怪物の姿はなく、地面の上にバラバラになった部分品がちらばっていた。

「やっぱり、考えていたように機械だったな。強い電気にふれたため、ショートして分解してしまった」

と、言いながらヤノは部分品の一つを拾った。

ゴローはヤノに聞いた。

「これをよく研究して、アルファ号に持って帰れば、きっと役にたちますね」

「ああ。しかし、われわれは宇宙人の謎《なぞ》を解くほうが先だ。この怪物機械を調べるのは、そのあとでいい」

「だけど、相手はどこにいるのか、わからないんだからなあ」

まったく、どの方角に宇宙人を追ったらいいのか、見当もつかない。その時、ロブが黒い筒のようなものを拾い上げた。

「みなさん。へんなものがあります」

「なんだい、ロブくん、怪物機械の一つだろう。どうへんなのだい」

と、ヤノが聞くのに、ロブは答えた。

「わたしのからだは電波を知ることができます。しかし、さっきの怪物機械は電波を出していなかったのに、この筒のような部分は強い電波を出しています」

爆発でこわれたため、出ていた電波が止まってしまうのならわかるが、その反対に、爆発のために電波が出はじめたのだ。

「ふしぎなことですね。ヤノさん、どういうわけなんでしょう」

と、ゴローは首をかしげた。ヤノはしばらく考えていたが、やがてこうつぶやいた。

「うむ。もしかしたら、これは警報器のようなものかもしれないな」

アキコは、なんのことかよくわからないので、聞いてみた。

「おにいさん、警報器ってなんのこと」

「あの怪物機械がこわれたり、故障を起こしたりすると、この装置が動き、電波を出しはじめるのだ」

「それでどうなるの」

「その電波を受信すると、宇宙人がやって来て、修理にかかるのかもしれないよ」

「じゃあ、すぐやって来るかしら」

アキコは思わず空を見上げた。いまにも上のほうから、何者かが襲って来るような気がしたのだ。だが、ヤノは首をふった。

「いや、いくら円盤が速くても、そうすぐには来ないだろう。われわれはここでかくれていて、その正体を調べたいが、アルファ号があっては、相手も警戒するだろう。どこかに、いいかくし場所はないかな」

ゴローは、双眼鏡であたりを見まわしていたが、少しはなれたけわしい山を指さした。

「あの山の噴火口はよさそうですよ」

「よし。ちょうどいいかもしれない」

みなは、アルファ号にもどり、飛び立ち、その噴火口の中に着陸した。そこは死火山なので、噴火のおそれもなく、また、けわしい山なので、怪物機械ものぼって来そうになかった。アルファ号は、光のとどかない火口のなかで、やがて現われると思われる宇宙人を待つことにした。

しかけたわな

地球の時間にして、何日かが過ぎた。ヤノはいままでのことを、基地へ無電で報告するため忙しかったが、ゴローとアキコは、たいくつしてきた。

「つまらないなあ。ヤノさん、出発しましょうよ。ここにはあきちゃったよ」

ゴローがこう言った時、ベルが鳴り、ロブが大きな声で言った。

「なにかが、この星に近づいて来ます。ごらんなさい」

レーダーの上には、小さな点が動いていた。それによって、自動的にその方角に望遠鏡が向けられた。ヤノはそれをのぞいた。

「やって来たぞ。やっぱり、いつか見た青い光を出している」

ゴローとアキコも、代わる代わるのぞいて見た。いつか見たのと同じ、冷たく青い光が、ものすごい速さで近づいて来た。それは、円盤とわかるぐらいに迫り、速力をゆるめて、怪物のこわれたあたりに着陸しはじめた。

「さあ、出かけよう」

と、ヤノが緊張した声で言った。みなは宇宙服をつけ、外に出て、噴火口のふちまでのぼった。そして、そこからそっと円盤の様子をうかがった。

「どんなやつが出て来るのだろう」

みなが息をのんでみつめていると、円盤の横のほうのドアが、ゆっくりとあき、中から現われて来たものがあった。

人間に似た形だったが、全身まっ黒で、ぎごちない歩き方をしていた。

「あれはロボットでしょうか」

と、ロブが言ったが、その怪人が宇宙人なのか、そのロボットなのか、だれにも見当はつかなかった。

怪人はあたりを歩きまわり、飛び散っている部分品を拾い集めていた。

怪物機械が爆発したのが、どんな原因なのか調べている様子だった。みなハラハラしたが、こっちには、気づいた気配はなかった。そのうち、怪人は円盤の向こうにまわり、なにかをやっているらしかったが、それを見ることはできなかった。

「なにをしているのだろう」

この疑問は、まもなく解けた。飛び去った円盤のあとに、小さなすき通ったドームのようなものが残されていた。

「あんなものを残して行った。さてどうしようか」

と、ヤノはつぶやいた。すぐにアルファ号にもどり、円盤を追いかけようと考えたのだが、円盤は速く、とても追いつけそうになかった。そこで、みなはまず、残して行った物を調べるため、山をくだって近づいて行った。

「おうちのような気がするわ」

と、アキコが言った。なかには、スマートな形のイスのようなものが並べてある。ゴローもうなずいて言った。

「きっと、やつらはここに見張り小屋を作るんですよ。しばらくすると、また帰ってくるだろう」

「そうね。それなら、なにかワナを置いておけば、つかまえることができるわ」

アキコは、宇宙服のポケットから、小さな箱を取り出した。これをふむと、じょうぶな細い針金の網が飛び出し、相手をつかまえてしまう装置だ。

「これを床の上に置いてくるわ」

と、アキコは言いながら、ドアらしい所を押した。それは簡単にあき、なかにはいることができた。

「あぶない、待ちなさい。よく調べてからだ」

ヤノが言ったが、おそかった。ドアはしまり、アキコは出られなくなってしまった。

みなで押したり、引っぱったりしたが、ドアは二度とあきそうになかった。

この小さなドームが、宇宙人の残していったワナだったのだ。

途絶えた連絡

「助けてよ」

すき通ったドームのなかに閉じこめられたアキコは大声で叫び、みなは、なんとかしてあけようとしたが、だめだった。

「よし、アルファ号から道具を持って来て、熱で焼き切ろう。ゴローくん、取って来てくれ」

と、ヤノが言った。その道具はすごい熱を出し、なんでもとかすことができるのだ。それを取りに駆け出しかけた。

しかし、その時、足のほうに地ひびきを感じて、

「どうしたんだろう」

と、ふり向いた。そこでは、たいへんなことが起こっていた。ドームが、地面から浮き上がりはじめていたのだ。

「助けて。さらわれちゃうわ」

と、アキコが叫んだが、みなは、どうしたらいいのかわからず見つめるばかりだった。だが、ロブはそれに飛びつき、つかまったままでヤノに言った。

「わたしがいっしょに行きます。電波を出しつづけていますから、それをたよりにアルファ号で追いかけて来てください」

浮き上がったドームは、しだいに速さをまし、空に小さくなっていった。目に見えない糸で、どこかに引っぱりよせられているようだった。

ヤノとゴローはアルファ号に戻り、大急ぎで出発させた。クロが心配そうに、

「アキコさんはどうしたのです」

と、聞いたが、答えているひまはなかった。ロブがいないと、操縦を手わけしてやらなければならないのだ。そして、ロブの出しつづける電波を追って、宇宙を急いだ。

時々、

「速く追いついてね」

と、言うアキコの声が送られ、ヤノは、

「だいじょうぶだよ。すぐに追いつく」

と、はげましていた。だが、ゴローは心配だったので聞いてみた。

「ヤノさん。ほんとにだいじょうぶ?」

「ああ。レーダーで調べると、少しずつ追いついている。宇宙服の空気がつきる前に助けることができるよ」

ゴローはそれで少し安心した。しかし、しばらくすると、またアキコの叫びが無電で聞こえて来た。

「あら、星が近づいているわ。……あら、なにも見えなくなっちゃった」

そして、あとは無電が途絶えてしまったのだ。こっちから呼んでも、なんの返事もなかった。

「なにが起こったんでしょう」

ゴローが聞いたが、ヤノは首をふった。

「わからん。ふしぎなことだ。しかし、場所はだいたいわかった。早く追いつこう」

アルファ号は進みつづけた。

またも危険が

アキコは、宇宙人のワナに閉じこめられ、そのうえ宇宙のなかをどこへともなく運ばれつづけ、さっきから胸がドキドキしっぱなしだった。だけど、透明なドームの壁をへだててロブと話ができるので、少しは心強かった。

「ねえ、ロブ、どこに連れていかれるの」

「わかりませんね。あ、進む方向に星があります。あそこかもしれませんよ」

「どれなの。見えないわ」

ロブの目はよくできているので、人間より遠くのものを見わけることができるのだ。やがて、ロブの言ったとおり、小さな星がポカリと見えはじめ、それにぐんぐん近づいて行った。

「あ、星に近づいて来たわ。……あら、なにも見えなくなっちゃった」

アキコはアルファ号に報告をしたのだった。まわりを白い霧が取りかこみ、なにも見えなくなっていた。ロブが言った。

「この星は雲に包まれています。とても濃い雲です」

「アルファ号からの連絡もなくなったわ」

「きっと、この濃い雲が電波をさまたげているのです。もうすぐ地面のようですよ」

まもなく、この空飛ぶワナは動かなくなった。地面に着いたらしかったが、白い濃い雲のため、あたりはなにも見えなかった。この雲のなかを、なにかが忍び寄って近づきつつあるのではないだろうか。そして、不意に現われるのではないだろうか。アキコは、こう考えると、とても心配になって来た。

いっぽう、アルファ号はこの星の近くまでやって来た。ヤノは速力をゆるめながら言った。

「この星におりたのだろう。さっきのことばどおりだ。濃い雲のため、なにも見えず、電波もさまたげられている」

「この星の上で、どうやって捜し出すのですか。ぐずぐずしていると、まにあわない」

ゴローは、見ることもできず、電波もとどかない星では、見つけるのがたいへんだろうと心配だった。

「いや、心配はない。赤外線を感じる装置を持って来ている。これを使えば、雲を通して見ることができる。もっとも、肉眼で見るほどはっきりはしないがね」

その赤外線テレビのカメラは、雲の下の様子をスクリーンに写し出した。雲が多いだけあって、この星の大部分は海だった。しかし、まもなく、一つの島の上で見つけ出すことができた。

「見つけたぞ。ほら、そばにロブがいるのもわかる」

だが、ゴローは、へんなことに気がついた。

「どうしたんでしょう。ロブがふたりいるはずはないのに」

たしかに、ドームのそばで、二つの人影が動いているのだ。どっちかがロブで、そして、どっちかが正体不明の宇宙人に違いない。

「やつらは、なにをするかわからないぞ。さあ、すぐにあのそばに着陸だ」

アルファ号は着陸に移った。

しかし、アキコのほうはアルファ号が上にいることも、怪しい人影がそばに迫っていることも気がつかなかった。まわりを取りかこんでいる、白い雲を見つめているだけだった。

「ねえ、ロブ。早く助けに来ないかしら」

アキコは、ドームの外にいるロブに話しかけようとして、ロブのいるほうを見た。そして、悲鳴をあげた。そこにいたのはロブでなく、べつなものだったのだ。怪物機械のいた星で遠くから見た怪人が、すぐそばに立っていたのだ。全身が金属製のものでおおわれている。

アキコはふるえながら、力の強いロブが助けてくれないかと見まわした。しかし、ロブはドームの外で、ネバネバした液をあびせられ、動けなくなっていた。

怪人はドームの戸をあけ、なかにはいって来た。そして、一歩一歩、アキコに近づいて来た。ロブのように、トリモチのようなものをあびせられ、動けなくされてしまうのだろうか。

霧のまいご

「ロブ、助けて」

と、アキコは悲鳴をあげた。だが、ロブはほんとうに身動きもできないらしい。怪人はすぐそばまで迫ってきた。

アキコはもう口もきけなくなり、ふるえていた。怪人はへんな声を出したが、もちろん、その意味はわからなかった。ロボットなのだろうか。

金属のような黒っぽいからだで、顔には目のような光るものが二つ、気味悪くくっついていた。怪人はさらに近づき、アキコはあとにさがった。逃げられはしなくても、つかまるのを、少しでもおそくしたかったのだ。しかし、相手はさらに近づいた。

「もうだめだわ」

こう思って、アキコはしゃがみこみ、目をつぶった。怪人の叫びがすぐ近くでした。だが、いくら待っても、なにもからだにさわらなかった。怪人のかたそうな手も、ネバネバした物も感じなかった。（どうしたのかしら）アキコは、こわごわ、そっと目をあけて、思いがけないことが起こっていたのを見た。すっかり忘れていた。まえに床に置いたワナを怪人がふみ、飛び出した針金の網にかかり、動けなくなっていたのだ。じょうぶな針金で作ってあるので、いくらあばれても逃げられないワナなのだ。

アキコはホッとし、まずロブを助けてやろうと近よった。だが、ロブは言った。

「近よってはいけません」

「どうしてなの」

「これはとてもねばりけがあります。わたしの力でも動けません。さわったら、くっついて、いっしょに動けなくなってしまいます。そして、怪人がもうひとり現われたら……」

アキコはこう言われて心配そうにまわりの霧を見まわした。つぎつぎと現われるかもしれないのだ。そして耳をすますと足音のようなものが近づいて来るのが聞こえた。

そこで、さっき怪人のあけたドアから、外へ駆け出した。ロブが、

「お待ちなさい」

と、声をかけたが、アキコは霧の中に駆け出して行った。まいごになるかもしれないが、ここにいて怪人につかまるのは、もっといやなのだ。ロブひとりになったドームに、外の足音が近づいて来て、霧のなかから人影が現われた。それは怪人ではなく、ヤノとゴローだった。アルファ号をそばに着陸させ、急いでここに駆けつけて来たのだ。

「無事だったかい。おや、そのネバネバはなんだ。それからアキコはどうした」

と、ヤノが聞いた。ロブは、

「話はあとにして、アキコさんを捜してください。いま霧のなかに出て行きました」

と、話した。

「そうか。だが、困ったな。霧のなかを見る赤外線装置は、ロケットにとりつけてあり、はずすのに時間がかかる」

ヤノは首をかしげていたが、ゴローは思いついたように言った。

「どうでしょう。クロにやらせてみたら。クロは利口な鳥だから、霧のなかでも飛んで、においや足音をたよりに、うまく捜してくるかもしれませんよ」

「いい考えかもしれない。では、ゴローくんはアルファ号にもどって、クロにたのんでみてくれ」

ゴローはアルファ号にもどって行った。糸をひっぱりながら来たので、それを伝わって行けば、迷わないで帰れるのだ。

怪人の謎《なぞ》

ゴローがもどって、しばらく待っていると、クロがアキコを案内し、ちゃんとドームに帰って来た。

「よかった。よかった」

と、みなは喜んだが、ぐずぐずしてはいられない。ロブのからだのモチのようなものを取ってやることと、ワナにかかった怪人の正体を調べることだ。

「おい、おまえはなんだ」

ヤノはためしに、怪人に呼びかけ、相手はなにか叫んだが、意味はまったくわからなかった。

またロブのほうも手のつけようがなかった。困った問題が二つも並んでしまったのだ。

「どうしたものだろう。どっちに先に手をつけようか」

と言うヤノに、ゴローが答えた。

「いっしょにやりましょう」

「なんだって」

「この怪人が、きっとネバネバを取りさる薬を持っているはずです。調べましょう」

ゴローは、おそるおそる近よって、怪人の腰についているいくつかのびんを見つけた。その一つを手にして、ためしに壁にぶつけてみた。びんは割れ、ネバネバした液が出て来た。

「これじゃあなかったな」

そこで、もう一つの、ちがった形のびんを取り、それをロブにぶっつけてみた。まちがっていても、ロブは強い合金製だから、こわれることはない。

びんが当たって割れた。すると、今までのネバネバがスーッと消えていった。成功だったのだ。ロブは立ち上がった。

「やれやれ、やっと動けるようになりました。ずっとこのままかと心配でした。しかし、あいつはひどいやつだ。やっつけてやりましょう」

「手あらなことはいかん」

と、ヤノがとめた。これでロブのほうはかたづいたが、怪人のほうはどうしようもなかった。そこで、アルファ号に運びこむことにした。ワナにかかったままの怪人をロブがかつぎ、みなはドームから出て、ロケットにもどった。

アルファ号は飛び立ち、いったん宇宙に静止した。いまの星の上ではだめだが、宇宙からなら基地との無電連絡ができるのだ。

アルファ星の基地に連絡がつき、ゴローのおじいさん、モリ博士の声がしてきた。

「やあ、そのご、元気かい」

ゴローやアキコがあいさつをしたあと、ヤノがいままでのことを報告した。

「……というわけです。そして、怪人をつかまえました。しかし、なにを言っているのかわからないのです。金属製でロボットのようですが、どうしましょう」

「そうか。では、その声を電波で送ってくれ。基地の電子翻訳機にかけてみよう」

ヤノは怪人になにか言わせようと、そっちのほうを向いた。その時、また驚くべきことが起こった。

怪人のそばにいたクロが、首のあたりにボタンのようなものを見つけ、いたずら半分にクチバシで押したのだ。

すると、怪人の頭の部分がパッと開いて、なかから顔が現われたのだ。人間の少年のような顔だったが、地球人ではなかった。皮膚が緑色をしているのだ。

解けた謎

ロボットのように思えていた怪人のなかから、緑色の人間が現われたので、みなは驚いた。

「だれなんでしょう。地球人ではありませんね」

ゴローとアキコが叫び、ヤノはうなずいた。

「うむ。どこか、見知らぬ星の宇宙人に違いない。今までわれわれを悩ましてきたのは、この連中だろう」

「ひっぱたいてやりましょう」

と、ロブが言ったが、ヤノはそれをやめさせた。緑色の点をのぞけば、地球人と同じようだったし、顔つきも子どものようで、おとなしそうな感じだった。しかし、ヤノはゆだんしなかった。

「金属製の服を着ていたわけだな。これはぬがせて調べよう。なかになにか危険な武器をかくしていないとも限らない」

ロブが警戒しながら、金属服をぬがしにかかった。巻きついているワナの針金をほどきながら、服のボタンをいくつか押してみると、服が開いた。なかからは、ぴったりした服を着たからだが現われてきた。ロブが引っぱって立たせようとしたが、手をはなすと、すぐ床の上にしゃがんでしまう。弱々しい感じだった。病気にでもかかっているのだろうか。

「へんですね。力がないのでしょうか」

と、みなはふしぎがった。宇宙人は、弱々しい声で、わけのわからないことを叫んでいた。その時、さっきから通じたままになっていた、基地との無電機から、モリ博士の声がして来た。

「その声が宇宙人の声なのか。基地の電子翻訳機を使って調べてみたら、だいたいの意味がわかったぞ」

「それはよかった。それで、なにを言っているのですか」

と、ヤノが聞き、モリ博士が答えた。

「服をぬがさないでくれ。わたしたちは服を着ていないと、動く力がない、と言っている」

「そうでしたか。病気かと思いました」

「いや。やつらはみな、そうらしい、服に動力がしかけてあって、その力で動いているのだそうだ」

「なんで、そう弱っているのでしょう」

「わからん。そっちでよく調べてくれ。やつらのことばのしくみをロブに伝えよう」

無電機にロブがかわり、基地の電子翻訳機から、宇宙人のことばのしくみを覚えこんだ。ロブは人間と違って、すぐに覚えてしまう。それから、ロブは宇宙人を調べにかかった。そして、いろいろなことがわかってきた。その宇宙人は名まえをパップと言い、ビーラ星という未知の惑星の住民で、としは地球の計算になおすと十五歳ぐらいの少年だった。

ビーラ星では少年たちが働くことになっていて、パップは怪物機械で星の鉱物を集める係りをやっていた。だが怪物機械がこわされたので、そのじゃま者をつかまえるため、ドーム型のワナをしかけた。それにアキコとロブがかかったのだ。

謎はしだいに解けてきた。ヤノは、地球人のロケットをおそった理由を、ロブに聞かせた。すると、その答えはこんなだった。

「わたしがやったのではありませんが、わたしたちの仲間のやったことです。わたしたちの星になくて、ぜひほしいものをみなさんがお持ちなので、悪いこととは知りながら、襲ったのです。そして、追いかけて来ないように、光線をあてて事件の記憶を消して、引きあげたのです」

ロブはこのことについて、もっと聞いた。

「しかし、襲ったロケットの無電機をこわすことはないだろう。このヤノさんも、そのために危ういめに会ったのだ」

パップはそれに答えた。

「わたしたちのほしいのは、その無電機です」

「へんじゃないか。きみたちの科学は進んでいるようだし、無電機もあるだろう」

「いえ、ほしいのは無電機ではなく、その針金がほしいのです」

「針金だって？」

「ええ、ビーラ星には銅という金属がほとんどないのです。近くの星々を捜しましたが、あまりありません。銅はわたしたちにとって、たいせつな薬なのです」

少しずつわけがわかってきたが、ゴローとアキコは、銅がなぜ薬になるのかふしぎなので、ヤノに聞いてみた。ヤノはこう説明してくれた。

「生物のからだには、ミネラルといって鉱物質が少しは必要なんだ。地球では食物のなかに少しずつ含まれているから心配ないが、それが不足したら、ビーラ星の住民のように、弱ってしまうかもしれない。それに、ビーラ人は、とくに銅を必要とする体質なのかもしれないな」

ビーラ星へ

アキコはこの話を聞いて、アルファ号のなかに、ミネラルの薬があったのを思い出した。そして、それを捜し出して来た。

「これを飲ましてあげましょう」

ロブがパップ少年にそれを飲ませてやった。しばらくすると、パップはひとりで立ち上がり、うれしそうに言った。

「からだに力が出てきました。貴重なお薬を飲ませてもらって、ありがとう」

「いや、たいした薬じゃないよ。こんなものならいくらでもある」

地球ではたいして重要ではない薬も、銅のないビーラ星の人にとっては、とても貴重だったのだ。これをきっかけに、ゴローとアキコは、パップ少年と仲よしになった。ロブが地球のことばを教えると、パップは頭がいいらしく、しだいに覚え、話せるようになっていった。

いっぽう、ヤノはモリ博士にいままでの報告をした。

「……というわけでした。ビーラ星の人々も、そう悪い人ではないようです。彼らにとって、力のもとである銅が、どうしてもほしかったのでした。銅をわけてあげれば、これからは仲よくなるでしょう」

「そうだったのか」

「アルファ号は、パップに案内してもらって、ビーラ星を訪れてみます。よく話し合って、これからは襲ったりしないように、たのんでみましょう」

アルファ号はパップに案内され、ビーラ星の方角に進みはじめた。だが、しばらくするとロブがこんな報告をして来た。

「なにか丸いものが近よって来ます」

みなは窓からそれを見た。その時、パップが驚いたような声をあげた。

「あ、あれは爆弾です。わたしがさらわれたので、警戒のために、宇宙に爆弾をまいたのです。あの丸いのは、どこまでも追いかけて行って、爆発する、力の強い爆弾です」

アルファ号はあわてて速力をあげ、方向を変えた。だが、アルファ号をみつけた爆弾は、いくつもあとを追いかけて来る。電気の網でも防げないような爆発力を持っているのかもしれないのだ。

宇宙の爆弾

宇宙にたくさん浮いていた爆弾は、アルファ号のあとを追いかけて来た。ヤノはためしに、ロケットのなかにあったいらない物を外に投げ捨ててみた。

すると、爆弾の一つは向きを変え、それに追いついて大爆発を起こした。暗い宇宙に飛び散る火花を、窓からながめてみなは目を見張った。

「すごい。あれにやられたら終わりだ」

アルファ号はさらに速力をあげた。だが、爆弾もそれぞれ速さをまし、どこまでも追いかけて来る。

「ぼくのために、こんなことになってしまいました。どうしましょう」

と、パップ少年は困ったように言った。このままでは、基地に引きあげることもできない。追って来る爆弾のため、着陸したら基地までやられてしまうのだ。

「まてよ。なにか方法があるはずだ」

と、ヤノはなにかを思いついた様子で、パップ少年に聞いた。

「あんな爆弾が浮いていては、ビーラ星の円盤だって飛べなくなってしまうだろう」

「いえ、それはだいじょうぶなのです。円盤はある波長を出しているので、それに向かっては、追って来ないようになっているのです」

「その波長を教えてくれれば、アルファ号からも電波を出してみるよ」

「だけど、装置が自動的に出していたから、おぼえていないんです。あ、そうだ。その無電機でビーラ星と連絡してみましょう」

と、パップ少年は言い、ロブといっしょにビーラ星への通信を送った。やがて、その返事が聞こえてきた。

「こちらはビーラ星。だれですか」

パップ少年はそれに答えた。

「わたしはパップ」

「どうしたんだ。みなは、きみがさらわれたと、大さわぎをしているんだよ」

パップ少年はいままでのことを簡単に説明して、たのんだ。

「こういうわけです。アルファ号の人たちが、銅をわけてくれるそうです。いま案内しているのですが、爆弾に追われています。防ぐ波長を教えてください」

そして、やっと波長がわかった。アルファ号がその波長を出してみると、爆弾は追って来るのをやめた。みなはホッと息をついた。

これでビーラ星との連絡がとれ、あとはもう危ういことはなかった。そのうち、前方に一つの星が見えてきた。

「あの星です」

とパップ少年が言った。

空港から出す電波に導かれ、アルファ号は高度をさげた。きれいな町が広がり、文明は高そうだった。丸味をおびた塔は、ガラスのような物でできているらしく色とりどりに光って、美しかった。

「夢のような町だね」

と、ゴローとアキコは話し合った。アルファ号は着陸を終わり、みなはパップ少年といっしょに外に出た。金属服を着たビーラ星の人たちが、大ぜい集まっていたが、信じられないと話しあっているような身ぶりだった。

パップ少年はいろいろ説明したが、なかなか信用されないらしかった。アキコは、

「そうだわ。ミネラルの薬をあげたら、どうかしら」

と、薬を出し、自分で飲んでから近くの人にすすめた。こわごわ飲んだ何人かは、まもなく元気になり、金属服の助けなしで動けるようになった。そのありさまを見て、住民たちは警戒した様子をやめ、歓迎の声をあげた。ヤノはパップ少年に聞いた。

「服をぬいだのをみると、みんな若い人ばかりなんだね」

「ええ、おとなたちは、建物のなかなのです。さあ、行きましょう」

和解

みなは住民たちに囲まれながら、近くの建物に向かった。黄色いガラス張りの、スマートなビルだった。だが、なかにはいってみて驚いた。ゴローは思わず、

「ここは病院なの」

と、言った。だれもかれもベッドの上に横になっているのだ。なかには、ボタンを押してベッドごと動いている人もあった。パップ少年は首をふった。

「ちがいますよ。若い人は動力のついた金属服で動けますが、としをとると、それもできなくなるのです。ベッドの上の人は、この星のえらい人たちで、ここは会議をする場所なのです」

「やはり、銅がたりないせいなのね」

と、アキコは言い、ビンに残っているミネラルの薬をくばった。パップ少年が説明し、その人たちは薬を飲んだ。若い人たちのようにすぐにはきかなかったが、しばら

くすると、自分で身を起こすことができるようになった。おとなたちは、パップ少年を通訳として、こうお礼を言ってきた。

「ほんとにありがとうございました。わたしたちはいままで、あなたがたにごめいわくをかけてきました。ロケットを襲ったりしたのも、子どもたちがわたしたちのために、少しでも銅を集めたかったからです。お許しください」

ヤノはそれに答えた。

「銅ぐらいなら、そう言ってくれれば、いくらでもあげたのに」

「しかし、銅はわたしたちにとって、なによりもたいせつなものですから、簡単にはいただけないと思ったのです」

「しかし、これで、すべて解決です。わたしたち地球人同士だって、時には勘違いをして争ったりします。それが、広い宇宙の星と星のあいだですから、これくらいですんだのは、よかったほうでしょう。銅はこれから、たくさんさしあげます。そのかわり、いろいろな技術を教えてください。あの鉱物を集める機械など、すばらしいですね。わたしたちは、怪物とまちがえてしまいましたよ」

ビーラ星の人たちは笑いだした。

「そうでしたか。あんな機械でしたら、何台でもさしあげますよ。これからは、お互いに助け合っていきましょう。まあ、この星をゆっくり見物して行ってください」

「ありがとう。しかし、まず基地に報告しなければなりません」

ヤノはこう言い、みなはいったんアルファ号にもどった。そして、基地のモリ博士に報告した。

「……というわけです。なにもかも解決しました。ビーラ星の人たちは、みないい人たちです」

「そうだったのか。よかった。帰ってから、その星のくわしい話を聞くことにしよう。楽しみにしているよ」

みなは今までの疲れが、いっぺんに消えてゆく思いだった。ゴローとアキコは、これからパップ少年に案内してもらって、この星でどんな珍しい物を見物できるかと、胸がわくわくしてきた。それと同時に、早く地球に帰って、おとうさんやおかあさん、友だちなどに、こんどの冒険の話をしたいな、とも考えていた。

新しい実験

空が晴れわたった、すがすがしい朝だった。眠りからさめた博士の頭も、それと同じくさえわたり澄みきっていた。としの若い者であれば、目をさましたとたん、雑念や妄想が心に湧《わ》きあがってくるかもしれない。しかし、博士は中年すぎの男であり、そのようなことはなかった。

また、きょうをめざして、数日前からコンディションを整えてきたためでもあった。とくに昨夜は、ぐっすりと眠りをとった。

博士はベッドから出て、軽い体操をした。そのあと熱いシャワーをあび、最後に冷水に切り換えた。身がひきしまるように思え、それは頭脳にも好影響をもたらした。朝食は新鮮な果物のジュース。もちろんコーヒーは飲まない。刺激物のたぐいはとるべきでないのだ。

博士は長いあいだ催眠術の分野において研究をつづけ、相当な業績をあげてきた。かつて彼が主催し、その分野は一流と称せられる者たちを集め、トーナメント大会を開いたことがあった。二人一組にして、互いに術をかけあわせるのだ。攻守をくりかえしているうち、時間がたつにつれ、どちらかが催眠状態に入り負けとなる。その優勝者を相手に、博士は模範試合をこころみた。もちろん、簡単に博士の勝ちとなった。きょうはその偉大なる才能を最大限に発揮し、さらに前人未踏の新領域に挑もうというのだった。

博士は家を出て、研究所の自分の部屋へ着いた。そこには一人の男が待っていた。きょうの実験に協力してくれる相手であり、博士の依頼を受けてやってきてくれたのだ。

その男はいやに人のよさそうな、どこか間が抜けたような顔つきをしていた。それも無理はない。博士はこれまでに面接した無数の者のなかから、最も暗示にかかりやすい人物を選抜したのだ。それがこの男。彼もきょうを目標に、指示どおりに体調を整えてきた。つまり自主性がほとんどなく、極度に暗示にかかりやすい状態になっていた。

「よろしくお願いします」

と男はあいさつをし、博士も応じた。

「いや、お願いするのはこっちのほうだ。手伝ってもらってこれが成功すれば、驚くべき、輝かしき、すばらしいことになる」

「いったい、どんなことをすればいいのでしょうか」

「きみは私の命令に従ってくれればいい」

「危険なことはないのでしょうね」

男はいささか心配そうだった。物々しく緊張したムードに気おくれがしたらしい。

「いや、その点は絶対に大丈夫だ。すべて私にまかせなさい」

博士は力強く言った。そのたのもしい口調と威厳のある視線を受けると、暗示にかかりやすい男は、すぐ全面的に信頼感を持ってしまった。

「はい、おっしゃる通りにします」

「では、これからいっしょに来てくれ」

と博士は立ちあがりながら言った。男はふしぎそうに首をかしげた。

「いつものように、この部屋でなさるのかと思っていましたが」

「いや、きょうの実験のために、特別に設備を作った。あれがそうだ」

博士は窓から中庭を指さした。そこには四角な小さな家が建てられてあった。先にたつ博士のあとに男は従い、その家へとむかった。そばに近づいた時、男は眺めながら言った。

「いま気がついたのですが、この家には窓がありませんね」

たしかに窓ばかりか何の飾りもなく、ぶあいそきわまる建築物といえた。博士はうなずきながら説明した。

「ああ、これは住むためのものではない。できうる限り、外界からの影響を断つために作ったものだ。内部は第一に、音が全くない。第二に、あらゆる電磁波を遮断するようになっている。また、放射線のたぐいも侵入してこない。その他これに類するいろいろな設備がしてあるが、いずれも純粋な状態を保つためのものだ。この内部は完全に独立した小宇宙と呼べるかもしれない。さあ、入ろう」

博士はドアを引いて開けた。分厚いドアだった。男はこわごわなかをのぞきこみながら言った。

「まっくらですね。はやく電気をつけて下さい」

「いや、ここでは電気は使わない。電気が流れると、かすかながら電波や磁気が発生する。そうそう、きみの時計は電池式じゃなかったろうな」

「時計は、きょうは持ってきませんでした」

「それならいい」

博士は完全燃焼する化学燃料のランプをつけた。やわらかいが薄暗い光が室内を照した。床の上には寝椅子《いす》、普通の椅子、小さな机が一つずつ置かれ、それだけだった。天井も壁面も単調な灰色に塗ってあった。博士は寝椅子を指さした。

「さあ、そこに横たわって、しばらく気分を落着けてくれ」

防音、無反響のなかで、博士の声だけが不気味だった。男はあやつり人形のように、黙ってそれに従った。半ば暗示にかかりはじめており、すなおだった。

しかし、博士は本格的に催眠にとりかかった。

「さあ、きみは深い深い眠りに入る……」

「はい」

「きみは私の命ずる通りになる……」

「はい」

説得力のある博士の声が、過程をひとつずつふんでいった。簡単なテストを試み、男が完全な催眠状態にあることが確認された。ここで博士は一息つき、精神を集中させてから重々しく命じた。

「きみはいま、この世界にはいない……」

「はい……」

男は返事をしたが、それにはためらいの響きがあった。これではいかん、と博士は経験から直感した。やはり無理な実験だったのだろうか。

しかし博士はあきらめず、ポケットからアンプルを出し、なかの注射液を器に移し、男の静脈にさした。特に開発した効果を高める薬品だった。しばらくの時を待ち、博士は呼びかけた。

「いいか、きみはいかなる困難があっても、私の命令に絶対に従わなければならぬ」

「はい。そういたします」

さっきとちがい、男の声は力のこもった忠実そのものと変っていた。どんなこともなしとげそうだった。博士のほうも、絶対に従わせずにはおかないという、意欲のみなぎった声で命じた。

「さあ、きみはいま、この世界から去り、べつな次元の世界にいる……」

そのとたん、博士は呆然《ぼうぜん》とし、つづいてぞっとして身を震わせた。なぜなら、目の前に横たわっていた男の姿が不意に薄れ、消えてしまったからだ。

人間の持つ精神の全能力を動員し、鋭くとがらせ、壁を突破し、そのかなたの世界を探ろうというのが目的だった。しかし、肉体まで消えてしまうとは、想像もしていなかった。

思わず顔に両手を当てた博士の耳に、声が聞こえてきた。

「はい。私はいま、べつな次元の世界におります……」

消えた男の声だった。どこからともなく伝わってくる。博士はわれに返ってあたりを見まわしたが、この密室のなかにかくれる場所のあるわけがなかった。博士も声を出してみた。

「おい、私の声が聞こえるか」

「はい。もちろんです」

「どこにいる」

「ここです」

これはあまり意味のない問答だった。どんな場所にいるかを聞き出さなければならない。博士は期待にあふれた口調で言った。

「そこはどんな世界だ。まわりを観察し、それを話せ」

「はい……」

男の声はとだえ、博士はうながした。

「どうした。暗黒の世界か」

「暗黒ではありません。しかし、なにから話したものか……」

驚異の感情のこもった声だった。はじめて異次元に接したのなら、当然かもしれない。

「なにからでもいい。目にうつるものを話せ」

「黄色です。鮮やかな黄色です。見ていると、いらいらしてくるような……」

「色の説明はそれくらいでいい。なんの色だ、それは」

「草です。草と呼ぶべきなのでしょう。地面からはえて、ずっと広がっていますから……」

どうも、まだるっこしい話だった。学者でもなく、観察力がすぐれているわけでなく、暗示にかけやすいので選んだ男だ。その点を後悔しながら、博士はせきこんで言った。

「地面といったな。それなら、空もあるだろう。どうなっている」

「あります。しかし、こんな色の空があるとは……」

「いちいち感心せず、早く報告しろ。異次元の世界なのだから、驚いていたらきりがない。どんな色だ」

「まっ白です。ああ気持が悪い」

「太陽はどうだ」

「太陽というのでしょう。空で輝いていますから。大きく、楕円形《だえんけい》で、色はさあ……」

博士は知的好奇心を大いに刺激された。本当に楕円形なのか、屈折でそう見えるのかも確かめたかった。しかし、男を通じてではそれもできない。異次元をこの目で直接に見たい思いだった。自分にそれのできないことが、くやしくてならない。

「さあ、なんでもいい。早く報告しろ。地平線にはなにが見える」

「はい。なんとも形容のしようのない物が……」

「困った奴《やつ》だな。よし、動くものはないか。それを探し出して喋《しゃべ》るんだ」

「はい。あ、あれは……」

「どうなんだ。早く言え」

「助けて下さい。早く戻して下さい。このままだと……」

「なにがおこったんだ」

「生物のようです。巨大で、醜悪で、形は……。それより、早く帰して下さい」

危機が切迫していることを示す声だった。博士の興味はさらに高まった。

「なにが大変なんだ」

「大きな金網状のものを持って、こっちへ……。あれをかぶせられたら、絶対に逃げられなくなりそうです。持つといっても、手ではなく……」

「もう少し、くわしく話せ」

博士はうながしたが、男はそれどころではなさそうだった。

「早く、早く。もう、すぐそばまで……。あ、あ、あ……」

絶叫に近かった。もはや、ためらってはいられない。万一のことがあると、責任問題になる。博士は命じた。

「よし。きみはもう異次元にはいない。こちらの世界に戻る」

それと同時に、寝椅子の上に、ふたたび男の姿がもどった。男の顔には汗が流れ、動悸《どうき》は激しく、呼吸は波のようだった。脈を調べようとしたら、手はかたく握りしめている。それを開かせ、手のひらをのぞいた博士は息をのんだ。

鮮やかな黄色をした、細い棒状のものがある。触れてみると、ゴムのように弾力があった。これが草とか称する物らしい。博士にもすぐには断言できなかった。

男が助けを求めながら、手につかんでいたらしい。植物なのかどうかは、分析をすればわかるだろう。

博士は予想外の大成功に、喜びを押さえきれなかった。現実に異次元世界と接することができたのだ。疑問視する人もあることだろう。嫉妬《しっと》からけちをつけたがる者も出るだろう。しかし、その時はこの草がなによりの証拠となる。

一大ニュースであるばかりでなく、科学史上、いや人類史上に名をとどめることができたのだ。

「よし、目をさましなさい」

博士は催眠をといた。男は目を開いて質問した。

「いかがでした。なにか収穫はありましたか。私は何も覚えていませんが、いや、すごい悪夢を見たような気も……」

「もう大丈夫だ。収穫はあった。なにしろ、きみは異次元への旅をした最初の人間だ」

「どんな世界だったのですか」

「それはまだ、よくわからん。しかし、時間をかけて検討すれば、やがて解明できるだろう。さあ、部屋へ戻って、ゆっくり休むとしよう。ごくろうだった」

博士は男の肩を叩《たた》き、先へ立ってドアを開けた。そして、解明には時を要しないことを知った。研究所はどこにもなく、黄色い草の広がり、まっ白な空、楕円形の太陽。男の報告の通りだった。この建物の上にかぶせられている、金網状のもの。さらに、そのそとにうごめいている、どうにも形容のしようがない、巨大で醜悪な生物たち……。

奇妙な機械

「見なれない物があります」

ある朝。街はずれの広場のまんなかに、奇妙な物体が出現したという報告がもたらされた。それは金属製らしく、日光をうけて銀色に輝いていた。形は球形で、アンテナのような物が何本ものびていた。

「あれはなんでしょうか。人工衛星が落ちてきたのではないでしょうか」

人びとは遠くから眺め、このような疑問を口にしあった。報告をうけてかけつけたエル博士は、双眼鏡でしばらく観察していたが、やがてこう説明した。

「さあ、そうではないようです。あれと似た形の人工衛星はありますが、大気のなかを落ちてきたら、摩擦熱のために燃えつきてしまいます」

「しかし、アンテナの出ている所など、写真で見るとそっくりですが」

「私も双眼鏡で特にそこを観察しました。あの何本ものアンテナは、どうも柔かい物質でできているようです。あんなアンテナは聞いたことがありません」

「それなら何なのですか。人工衛星でないとなると、爆弾かなにかで……」

人びとは顔をしかめた。博士は手を振りながら答えた。

「まあ、あまりさわがないで下さい。爆弾の可能性もないわけではありませんが、爆弾なら、原っぱのまんなかに置いたのでは、あまり意味がないでしょう」

「だが、あんな正体不明の物があらわれては、落ちつけとおっしゃっても無理ですよ。早くなんとかしないと、デマがひろがる一方です」

「わかっています。では、さっそく調査にかかりましょう。それが私の仕事です」

と、エル博士は自信ありげにうなずいた。だが、こんどはまわりの人びとが心配し、引きとめた。

「先生。気をつけて下さい。不用意に近づいたりして、けがでもしたら大変です。どんな危険を秘めているか、わからないではありませんか」

「その心配はいりません。私が前から研究していて、やっと完成したものを、いまこそ役立たせる場合です。自動車につんで運んできました。お見せしましょう」

博士が自動車にむかって呼びかけると、それにこたえて、金属的な音とともにドアが開いた。

「あっ、ロボットですね。なるほど、博士はうまいことを考えたものだ。あれならどんな危険な物にでも、安心して近づき、調べることができるわけだ」

「そうです。彼は私の苦心の結晶で、頭も悪くありません。私にかわって、あの物体の正体を明らかにしてくれるでしょう」

ロボットは自動車からおり、博士のそばに来てとまり、頭をさげて言った。

「はい、なにかご用でしょうか」

「お前はあの物が何だか調べてきてくれ」

「わかりました」

こう答える所など人間そっくり、いや、いいかげんな人間などより、よっぽどたのもしく見えた。しかし、人間よりいくらかおぼつかない足どりで、ロボットは物体に近づいていった。

そして、そのまわりをまわったり、手をふれたり、アンテナらしきものに顔を近づけたりしていた。

「うまくやってくれるといいですね」

みながこうささやきあっているうちに、やがて調査がすんだのか、ロボットは博士のところへもどってきた。

「わかりました」

「ごくろうだった。ところで何だ、あれは」

「機械のようなものです」

「あれが機械だぐらい、われわれにも想像がつく。どこから来たものだ」

「宇宙からです」

「宇宙からだと。どうしてそんなことがわかったのだ」

「あの機械が答えてくれました。あれはじつに精巧な機械です」

「そうだったのか。どうりで見なれないものだと思った。それで、なんのために来たのかわかったのか」

「もちろん、それも聞いてみました。このはるか上空、大気圏外にやってきた宇宙人がおろしたものだそうです」

「さては、侵略のための偵察か」

「いいえ、あの機械の持主は平和的らしいようです。宇宙旅行のとちゅう、ここを通りがかった。着陸し、しばらく休ませてもらえないか、と言っています」

「そうか」

ただちに相談がはじめられた。異議を申したてる者はでなかった。

「それならかまわないだろう。平和な宇宙人がちょっと休んでゆくぐらいなら」

「よし、大いに歓迎して、親切にもてなしてあげようではないか」

話はまとまり、エル博士はロボットに命じた。

「承知した、大歓迎いたします、と伝えてきなさい」

ロボットはそのことを伝えにもどり、いっぽう、歓迎の準備もととのえられた。ごちそう、旗を持った子供たち、楽隊、記念品、報道関係者、その他多くの人たち。このような歓迎に必要な人や物が、広場に集まり、集められて待機した。

しばらくすると、青空の奥から銀色の点があらわれ、それは円盤状の宇宙船となって地面に近づき、静かに着陸し終った。

人びとはニコニコと歓迎用の表情をつくり、遠来の客のあらわれるのにそなえた。円盤の上部の扉が開き、なかから宇宙人たちがつぎつぎと出てきた。だが、人びとの表情は一瞬こわばり、つづいて大混乱におちいった。悲鳴、逃げ足、卒倒、嘔吐《おうと》。とても手のつけられない状態となった。なぜなら、宇宙人の姿が想像を絶したものだったのだ。

まんまるい胴体。それが果して胴体か頭かわからなかったが、おそらく、その両方を兼ねているのだろう。そして、グニャグニャした触手をうごめくように振りまわし、みなに近よってきたのである。

だが、歓迎側のほうで少しもあわてないものがあった。博士のロボットはこうつぶやいていた。

「今さら驚くことはないのにな。はじめからわかっていたことなのに。すべて知能のある生物は、おのれに似せてロボットを作る」

病院にて

「院長先生がお呼びですよ。すぐに診察室へいらっしゃって下さい」

病院の広い庭をゆっくりと散歩していると、看護婦が私のそばへやってきて言った。

私は足をとめて聞きかえした。

「なんの用だろう」

「きょうは定期診断の日ではありませんか。あなたが退院できるほどに全快したかどうかを調べるのですよ」

「ああ、そうだったな。早く退院したいものだ。今度はうまくゆくだろうか」

「さあ、どうでしょうか」

看護婦は首をかしげてあいまいな答えをし、あわれみと軽蔑《けいべつ》のまざったような表情を浮かべた。私はだまってうなずき、建物へもどり、診察室に入った。院長は私を迎え、やさしく話しかけてきた。

「気分はどうかね」

「悪くはありません。すっかり正常です。いいかげんで退院させて下さい」

「私が正常とみとめて許可すれば、すぐにも出られるよ」

「では、その許可をお願いします」

院長は手にしたカルテに目を走らせながら、なにげない口調で私への質問をはじめた。

「ところで、もし退院できたとしたら、なにをやってみるつもりだね」

「まず、気楽な旅行をしたいと思います。この病院での閉じこめられた生活が、いささか長すぎましたからね」

「なるほど、もっともなことだ」

「各地の料理の味も楽しんでみたいのです。ここの食事がまずいというわけではありませんが」

院長は満足そうなようすで、カルテになにか書きこんでいる。

「いや、いい計画だよ。で、旅行がすんだらどうするね」

「故郷の家に帰り、当分は花でも作りながら、静かな生活を送るつもりです」

「それはいいことだ。それで、きみの故郷はどこだったかな」

「きまっているではありませんか、ファギ星ですよ。そのカルテにも書いてあって、先生もごぞんじのはずです」

この私の答えで、院長の顔からはたちまちのうちに笑いが消え、ひたいにしわが集った。彼はカルテを投げ捨て、ため息とともに言った。

「だめだ、あれだけ各種の治療法を試みたのに、少しも快方に向っていない。まったく重症だ」

私はなぐさめの言葉を口にした。

「がっかりなさってはいけません。それとも、私の言ったことがなにかお気にさわりましたか」

「そのファギ星だよ。どこでもいいから地球上の地名を言ってくれればいいのだ。そうすれば、すぐに退院させてあげられるのだが」

「意味深長なおっしゃりかたですが、早くいえば、嘘《うそ》をつけということですか」

「そうじゃない。正直な答えとしてだ」

「正直に答えると、私はファギ星人です。困りましたね」

と私は頭をかいた。院長もそれにつられてか、頭に手をやった。

「困るのはこっちだ。気の毒だがこれでは、まだ退院の許可は出せない。どういうわけなのだろう。あるいは……」

私は身を乗り出して聞いてみた。

「お考えがあるのでしたら、聞かせて下さい」

「つまりだ、ここにいれば働かなくてもいいし、他人とのごたごたもなく、交通事故にあうこともない。居心地がいいといえる。わざとか無意識かわからないが、それでここを離れたがらないのではないかね。きみの行動を観察していると、入院生活を楽しんでいるようにも思える」

「とんでもない。ちがいますよ。今までに何度も、変な装置や薬を使って調べられました。その疑いは消えたはずですが」

「そうだったな」

院長は床からカルテを拾いあげ、眺めながら力なくうなずいた。私は少し話題を変えることにした。

「こんなことを申しあげては失礼ですが、先生の治療法のどこかがいけないのではないでしょうか」

院長は苦笑いしながら、

「患者から院長が批判されるとは思わなかったな。たしかに、ここの治療法が絶対的とは断言できない。しかし、現在の世界においては最高のものだ。いいかね、世の中が宇宙宇宙とさわぎだして以来、自分は宇宙人だという妄想にとりつかれた人間がふえはじめた」

「知っています。だれでも時代の人気者にあこがれたがるものです。なにしろ天文解説書から、テレビや漫画や小説まで、ひっきりなしに宇宙人がでてきますからね。しかし、あこがれが度を越すと、自分もそうだと思いこんでしまうのでしょう」

「まあ、そういったところだ。だが、それだけわかっていながら、きみはどうしてなおらないのだろう」

「本物のファギ星人だからですよ」

「いや、重症だからだ。宇宙人なんかが、いるわけがない」

「先生の立場としては、そうおっしゃる以外にないのでしょうね」

私は皮肉を言ったが、院長はとりあわなかった。信念を持っている。

「その議論はきりがない。さっきの話をつづけよう。そして、この種の患者を収容する専門の病院が、各国政府の協力によって作られた。すなわち、ここだ」

「世界でこの分野において、最も権威があることになりますね」

「そうだ。その責任者が私だ。もっとも最初のうちはまごついたこともあった。しかし、着々と成果をあげはじめ、今や順調といえる。すでに相当数の患者が退院し、社会に復帰していった」

これを話す時には、院長はとくいそうな表情になる。私はあいづちを打った。

「そうでしたね」

「さっき、きみを呼びにいった看護婦。あれももとは患者だった」

「知っています。自分はバップ星人だと、強硬に主張していました」

「ずいぶんてこずったものだ。きみなんかより、はるかに重症のようだった。しかし、ある日とつぜん全快した。帰る家がないというので、ここで働いてもらっているが、いずれは金をためて、世の中にもどって行くことだろう。このように、みな快方に向っているというのに、きみはなかなかなおらん。彼女のように、奇蹟《きせき》的に全快してくれないものかな」

「ご期待にそえなくて残念です。予算をむだづかいすることを気になさっておいでなのですか。とすると、私を安楽死させたいというお考えなのでは……」

私は不安にみちた声で言った。だが、院長は大げさに打ち消した。

「そう神経質になってはいけない。なおるものも、なおらなくなってしまう。費用のことは気にしなくていい。どうせ各国政府の金だ。また、みなが全快したら、私も失職する。このなれてきた地位を失いたくはない」

「それで安心しました。では、これで自分の室《へや》へ戻ってもいいでしょうか」

院長がうなずいたので、私は診察室を出ようとした。だが、院長は思い出したように、私を呼びとめた。

「あ、ちょっと待ってくれ。少し前に新しい患者が入院してきた。きみに紹介するから、ひまな時に病院内を案内してやってくれ」

「こんどはどの星と称しているのですか」

私はいくらかの興味を抱いた。だが、院長は顔をしかめながら、

「ムーミ星とかいっている。みな妙な名前を考えつくものだ。妙な名称を考案して登録すると、それだけで宇宙人になれるとでも思っているのではないだろうか。それはともかく、しばらくは患者がふえそうだぞ」

「それはなぜですか」

「数日前にニュースでいっていた、円盤目撃の影響だ。人さわがせなことだ。この種のニュースがあると、患者のふえるのが今までの例だ。付和雷同というか、便乗というか、困ったものだ」

「患者がふえれば、この病院の存在もそのたびに再認識されます。円盤のニュースも、先生が裏から手を廻した、巧妙な演出ではないのですか」

私がまた皮肉なことを言うと、院長はいやな顔をした。しかし、温厚な性格なので怒ることはない。患者を相手にどなっても仕方ないと思っているのだろう。院長は立ちあがり、となりの室からひとりの青年を連れてきて私に紹介した。

「さあ、いま話した、ムーミ星人と思いこんでいる患者だ。仲よくしてやってくれ。重症かもしれない。妙なデザインの服を、わざわざ作って着こんでいる。念が入っている」

服ばかりでなく、青年は目の光りまで、どこか異様だった。彼は私にあいさつもせず、あばれながら叫んだ。

「なんということだ。この地球とかいう星の連中は、失礼きわまる。せっかく遠いムーミ星からやってきて、ここを発見した。おくれた文化を向上させ、指導してやろうというのに、つかまえ、閉じこめようとするとは……」

私はそれをなだめた。

「まあまあ、落ち着いて下さい。お気持ちはよくわかります。あっちへ行って、ゆっくりお話をうかがいましょう」

そして、彼を連れて診察室を出て、病院へ案内し、腰をおろさせた。青年は興奮し、ぶつぶつ言いつづけていた。

「話を聞きたいというのか。いったい、地球ではおれに、何度おなじ話をくりかえさせれば気がすむのだ。信じるのか、信じないのか、早くきめればいい。信じないのなら、切りあげて帰りたい。それなのに、信じるような信じないような扱いで、とうとう、こんな所へ連れてこられた」

「お話しになれば、気分も晴れるというものです。お聞かせ下さい」

私がうながすと、青年はやっと喋《しゃべ》りはじめた。

「お前だって信じてはくれまい。こういうわけだ。おれは円盤を操縦し、この惑星におりた。円盤は海底にとめ、そこから泳いで岸にあがった。それから……」

私は青年の話を聞きながら、注意ぶかく観察した。どうやら、これは久しぶりに本物らしい。

青年が眠ったら、さっそく治療をはじめなくてはなるまい。徐々に暗示を与え、ムーミ星のことを忘れさせ、自分が地球人であると思いこませるのだ。院長はまたも、自分の手柄として得意になって喜ぶだろう。単純なものだ。

しかし、これは私にとっても喜ばしいことなのだ。なにしろ、バップ星だの、ムーミ星だのの連中に手をつけられては困る。この地球はわがファギ星が、ずっと前に発見した星なのだ。いずれ本格的に開発をはじめることになっているが、それまでは権利を守るための番人を必要とする。これが私の役目。

それにしても、このような病院とは、実に便利なものがあるではないか。疑わしいものは、みなここに送られてくる。私はただここで、のんびりと待っていさえすればいい。

エフ博士の症状

エフ博士は精神科の医者であり、あるビルの一室に診療所をもうけていた。景気は悪くなかった。その日も仕事を終え、そろそろ帰ろうと思った時、ノックの音がし、つづいてドアが開いた。

「せっかくですが、きょうの診察はすみました。あしたにして下さい……」

こう言いながら、博士は顔をあげた。だが、そこに立っていたのは来客ではなかった。このビルの夜警をしている顔なじみの老人だったのだ。

「じつは、ちょっと……」

と老人が言いかけると、博士はうなずいた。

「わかっています。戸締りと火の用心の点検でしょう。どうぞ、はいって調べて下さい。このごろはぶっそうですから、私も注意しています」

老人ははいりながら話しかけてきた。

「お仕事はお忙しいのでしょうね」

「ああ、いろいろな患者がやってきますよ。さっきのは子供の患者でしたが、自分はロボットであるという妄想にとりつかれていました。マンガの本やテレビでロボットが流行すると、人によってはその影響を強く受け、あこがれが妄想に変ってしまうのです」

「なおりましたか」

「簡単なものです。きみはロボットとしてまだ旧式だ。だから気になるのだろう。人間そっくり、だれが見ても絶対に見わけがつかないほどに改良してあげる。こう暗示を与えたのです。たちまち全快ですよ。うまいものでしょう」

博士は面白そうに笑った。しかし、老人はなかなか帰ろうとせず、なにか言いたそうだった。

「あの……」

「点検はすんだのでしょう。それとも、まだ用事が残っているのですか」

「じつは先生にご相談が……」

「遠慮はいりません。私にできることなら、お役に立ってあげましょう。なんです」

「ヒズミのことなのです」

「ああ、ヒズミですね。どうも困った事態です。政府も早く本腰をいれて対策を立て、実行してくれないと、手のつけようもない恐しいことになりそうですね」

「先生もそうお考えですか」

「もちろんです。しかし、そのヒズミがどうかしましたか」

「その恐しいやつが、とうとう私にとりついたのです」

老人の答えを聞いて、博士は目を丸くした。だが、職業柄、笑ったりはしない。

「なんですって。……ああ、なにか悩みごとがあり、それが集積して、精神にヒズミができた、ということなのでしょう」

「ちがいます。ヒズミにとりつかれたのです。悩みはそれだけです」

「うむ。こうなると私の分野かもしれない。……それでは、そのヒズミというのは、いったいどんなものなのです」

「たちの悪い怪物ですよ。畑の野菜をひそかに食いつぶして価値を高くしたり、交通を混乱させたり、財産を食い荒して店を倒産させたりします。ご存知なかったんですか。新聞にも毎日のように書いてあるじゃありませんか」

「なるほど。たしかにその通りでしたね。では、そいつはどこから出現したのですか」

「それも新聞に出ていたでしょう。お読みにならないのですか。開発のやりすぎが原因だそうです。きっと、ご神木を切り倒したとか、いわれのある沼を埋めたとかした時、地面の下から出てきたのでしょう」

博士は腕を組んだ。

「これは変った症状だ。……で、そいつはどんな形をしているのですか」

「わかりません。目に見えないのですから。しかし、とりつかれたことは確かです。感じでわかりますよ。ちょっと言葉では形容しにくいが、そのとたん、じつにいやな感じになるのです」

「事情はよくわかりました。それをなおしてくれ、というわけですね」

「私自身は健全です。問題はヒズミです。先生のお得意の暗示を、ヒズミのやつに与えて下さい。私からはなれるように命じて下さい。お願いです」

泣きつかれては、むげに追い返すこともできない。博士は気休めのために、軽い鎮静剤を飲ませてから言った。

「さあ、これで大丈夫でしょう。ヒズミはあなたからはなれ、私に移りはじめましたよ。いいですか。冷静に考えてごらんなさい。そんなにたちの悪い怪物なら、あなたより私のほうが、やつにとっても、くっつきがいがあるというものでしょう」

「それもそうですね。なんだか心がさっぱりしました。お礼の申しようもありません」

夜警の老人は頭を下げ、うれしそうに室《へや》から出ていった。それを見送りながら、博士はつぶやいた。

「変な人びとがふえてきたな。もっとも、そのおかげで私の仕事が成り立ち、金ももうかるというわけだが……」

その時、電話のベルが鳴った。博士は受話器を手にしたが、その顔はしだいに青ざめていった。博士が今までにもうけた金の大部分を投資していた会社、それが倒産したというしらせだったのだ。

「これはひどい目にあった。なんで、こんなことに……」

呆然《ぼうぜん》としたエフ博士は、耳もとでささやくこんな声を聞いたような気がした。

「おれのしわざだよ」

見まわしてみたが、だれもいない。そして、言葉ではとても形容できない、いやな感じが襲ってきた。

憎悪《ぞうお》の惑星

1

「きっと帰ってくるから待っていてくれるね」

「ええ、私もそれまでには大人になっているわ」

色の白い、抱きしめたら折れてしまいそうにほっそりとした十四歳の少女ユリエと、三十歳のロケット操縦士の木原は肩をよせ合い、さっきからずっと別れを惜しみつづけていた。

ここは月に建設された宇宙基地。合金の壁で外界を遮断されている基地の内部は、もちろんさわやかな気温に満ちていた。だが、二人ののぞいているプラスチックの窓の外は、すでにギラギラと刺すように輝く太陽が沈んでしまい、地上にはきびしい寒さと明るい地球からの反映による薄明りだけがただよっている。

遠くの山々は切りそいだように鋭くそびえ、その麓《ふもと》からこの基地までは音のない砂漠が広々と横たわっている。その砂漠で四方からの強いライトを浴びて立ち静かに迫る出発の時刻を待つ巨大なロケット。それは限りない力を秘めておとなしく鞭《むち》の音を待つ白馬のようにも思われた。

木原は間もなくこのロケットに乗り込むのだ。

「あと一時間で出発ね」

「ああ、そろそろ行かなくては。ここまで送りに来てくれてありがとう」

「お帰りの時には、また私ここまでお迎えにくるわ」

「それからは地球にもどって二人で暮そう」

彼の指さす方角には大きな地球がゆっくりと廻りながら浮いていた。青い海、白い雲、緑の丘。家庭を持つならやはりあの母なる地球の上に限るのだ。

木原は休暇のときユリエと知りあい、お互いに好意を持ちはじめた。だが、ユリエはまだ若く、二人が結婚するには少し年齢がちがいすぎていた。

この問題を解決するため、木原は新しく完成した高速ロケットによるキル星への探検隊に加わることを決意したのだ。非常な高速による宇宙旅行では時間のズレという現象がおこる。ロケットで飛ぶ木原は一年しか年をとらないのに、そのあいだに地球にいるユリエは八年も成長するのである。

「キル星探検隊員はロケットに向って下さい」

基地のスピーカーはアナウンスした。彼はユリエのひたいにやさしく口づけをして別れをつげた。

キル星。遠い、人類がはじめてめざす世界。この探検は新しい資源の発見をはじめ、学問的にも多くの成果をもたらすものと期待されていた。

木原は必ず帰ってくると言った。

ユリエにとっては彼のその言葉を信じて待つ以外ないのだった。

「きっと帰ってきてね」

彼女は基地の出口に向う木原の後姿に祈るように声をかけた。

「……四、三、二、一、発射」

轟音《ごうおん》と共に赤い火を吐き、砂を飛び散らせてロケットは出発した。衝撃がおさまるのを待ち、操縦席の木原は多くのボタンを操作し、機首をキル星へ向けた。

「すべて順調。異状ありません」

木原は艇長に言った。

後方の月や地球がしだいに小さくなり、太陽の光も弱まりはじめた。

レーダー係兼無線士の吉野は機械のダイヤルから手を放した。距離と共に弱まりつづけていた電波が、ついにとだえたのだ。

「当分すべてともお別れだな」

「いったい、キル星にはどんなものがあるのだろう」

「そうだな、その惑星にはすごい美人ばかりの世界があるかもしれないぜ」

隊員たちは雑談をはじめた。

「もしそうだったら、帰るのをよすとするかね」

と、艇長は笑いながら木原をからかった。彼とユリエのことはだれもが知っていることであった。木原は照れて笑い、返事のかわりにロケットのスピードをあげた。計器の針はふるえながら傾いた。

未知の冒険への期待と不安の交錯した艇長以下五人の隊員たちを抱いて、ロケットは暗黒と静寂にみちた空間を進んだ。それは暗やみに羽を休めている無数のホタルの見まもる夜の川を泳ぎつづける銀色の鮎《あゆ》のようでもあった。

宇宙の旅は夜も昼もなく、景色も変らず、時計の刻む時の移りだけがあった。

ロケット内の生活に忙しさはない。すべては機械が自動的にやってくれるのだ。眠ることと食事だけのくりかえしの単調な生活に隊員たちが飽き飽きしてきた頃、やっとキル星は近づいてきた。

夜の海にひそむ海蛇の目を思わせる青白い太陽は不気味な雰囲気をたたえていた。そのまわりをまわるいくつかの惑星。

「やれやれ、やっと近づいたな」

「だが、あの光。何か底知れない悪意を秘めているようじゃないか」

「全くだ。おい、あの惑星には生物がいそうだ。艇長、どうしますか」

「よし着陸だ」

と、艇長が命じたが、無線士の吉野は、

「あんな青白い太陽の下にいる生物は何を考えているかわかったものではありません。やめましょう。何か不吉な予感がします」

と、言った。

「だが、遠くからの観測だけではここまで来た甲斐《かい》がない。速力を落せ」

ロケットは速力を落し、その惑星を一周した。

「大気があるようです」

と、吉野は計器を見ながら叫び、他の一人は望遠鏡から目をはなしてどなった。

「何か建造物のようなものがあるようです」

「本当か」

艇長は奪うように望遠鏡を取った。

「うん、文明を持った生物がいるらしい。よし、そばの草原に着陸しろ。但《ただ》し、警戒は怠るな」

木原は命令に応じて舵をまわした。高度はしだいに下り、窓の外の地平線は見る見るもり上っていった。

2

ロケットは火炎を地面に吹きつけながら接近し、隊員たちの緊張のうちに着陸し、人類のはじめて訪れる別世界の上に立った。軽い衝撃が終ると、隊員たちは争って安全装置のベルトをはずし、窓に近よって外をのぞいた。

広々と続く草原。草原といってもその草は褐色であった。そして、その上を動くものは何一つない。

だが、隊員たちの目を釘《くぎ》づけにしたものは草原のかなたの街だった。あるいは城と呼んだ方がいいのかもしれない。厚い、高い壁にかこまれ、そのなかにはさらに高い塔がいくつも並んでいた。岩石でできているのか、金属なのかは、ここからはわからないが、その城は青白い太陽の光の下で紫色に輝いていた。

だれもがしばらく口を利《き》かなかったが、そのうち艇長が、

「悪魔の城だ」

と、ぽつりと言った。

「全くです。いったい、あれにはどんな奴《やつ》が住んでいるのでしょう」

隊員たちはやっと我にかえり、口々に言った。

「望遠鏡で観察してみろ」

観測員は城に望遠鏡を向けた。だが、静まりかえった城には何も動くものはみとめられなかった。

「どうもかつて栄えた文明の遺跡としか思えません」

遺跡かもしれない、という意見に隊員たちの不安は少し去った。

「行ってみましょう」

「だが、どんな危険が待ちかまえているかもわからない」

慎重なためらいもあったが、艇長は、

「しかし、ここまで来てあの城の調査をしないで引きかえすわけにもいくまい。行こ

う。だが、その前に大気の成分を測定しろ。バクテリアの有無もだ」

と、決定を下した。細いパイプがロケットの外に突き出され、空気と土とが採取された。測定器はランプを点滅させた。

「酸素はありますが、気圧が低いから宇宙服をつける必要があります」

「顕微鏡での拡大検査では別に有害らしいバクテリアを見出《みいだ》しません。しかし、念のためもどる時には消毒しましょう」

艇長はこれにもとづいて命令を下した。

「よし、全員宇宙服をつけろ。だが、木原は操縦席に残っていつでも発進できるようにしていろ」

木原は艇長に言った。

「私もいっしょに行きます」

「いや、これから何がおこるかわからんのだ。君はここから観察していて、我々が何かに攻撃されたら電磁波を出して援護しろ。そして、もし歯が立たなかったら、かまわずに飛び立て。地球には必ず報告しなければならないのだ」

木原はみなをおき去りに帰れ、という命令に不服だったがこれは命令だった。それに、まさか地球人以上の手ごわい相手があるとも思えなかった。

酸素ボンベ、通信機の点検が終った。

隊員たちはロケットの扉から梯子《はしご》を伝って地上におりた。草は枯れたような色をしていたが柔かく、宇宙服の靴でふまれると灰色の汁を飛び散らせた。隊員たちは久しぶりにふむ大地だったが、気味わるげに足をふみしめて歩きはじめた。

木原は操縦席の窓から見送り、無電で話しかけた。

「艇長！　大丈夫ですか」

「今のところ何も変ったことは起らない。そこからあの城を見張って、何かあったら早速知らせろ」

「はい、望遠鏡で観察をつづけます」

城は地球人の感覚では何とも形容のしようがなかったが、強いて言えばヨーロッパの古城とスマートな都会とをあわせたような感じであった。

彼は倍率をあげ、塔の表面に焦点を合せた。だが、窓らしいものは何も見当らず、動くものは何ひとつなかった。それにも拘《かかわ》らず、木原は城から何者かがじっとこちらを狙《ねら》っているような感じを受けた。

望遠鏡にうつる城のところどころが血のような赤さに輝いたのだ。

「城が輝きました」

無電で聞いた隊員たちが、びくっ、と足をとめた時、城の塔からは真紅の粒が打ち上げられ、それは隊員たちめがけて降りそそぎはじめた。

「危い！　木原、たのむ。全員散れ」

隊員たちは散り、伏せた。草は汚い汁を流したが、それを気にするどころではなかった。

「電磁波を発射します」

木原は言いながらボタンを押した。この装置は強力な電磁場を作り、向って飛んでくる物体に対して、その方向をそらせてしまう能力を持っているのである。

しかし、その紅の粒は全くこれを無視した。隊員たちに降りそそぎ、地面に当って爆発し、緑色の閃光《せんこう》を出した。また粒のいくつかは木原のいるロケットの近くにも落ちはじめた。

木原は目を疑い、あわてて装置を調べたが故障ではなかった。

「おい、どうした。装置を動かせ」

艇長はどなった。

「やっていますが、あの赤い粒にはききません。急いでもどって下さい」

赤い小さな爆弾は泉のように限りなく城の塔から打ち出され、目のあるように隊員たちを狙って降った。餌《えさ》をみつけた禿鷹《はげたか》のむれとも思えた。

「だめだ。木原はロケットで脱出しろ」

「いや、待ちます。急いで下さい」

木原は艇長に答えた。みなを置き去りにして発進のボタンは押せなかった。

3

たえ間なくあがる緑の閃光のなかを、隊員たちはロケットに走りつづけた。

「飛び出せ！」「待ちます」

何回かの押問答がくり返された。だが、この時、木原は妙なことに気づいた。

壁の四つのランプ。それは隊員の生存を示すランプだが、それがまだひとつも消えていないのだ。大きな雹《ひょう》のように降りそそぐ粒が、まだだれをも傷つけていないのだ。

木原はこの幸運がもう少しつづくことを祈りながら叫びつづけた。

「急いで下さい。もう少しです」

赤い粒は操縦席の窓すれすれに、いくつもかすめた。だが、ロケットには当らないらしく震動は感じなかった。

電磁波の効力ならもっと大きくそれるはずだ。だが、まだひとつも当らないのはなぜなのだろうか。幸運だろうか。それとも原因があるのだろうか。

まだ、紫の城の塔からは赤い粒が湧《わ》くように出て隊員たちを追い、爆発し、汚い汁と共に草を吹き飛ばしている。

それを縫って重い宇宙服に耐えてかけつづける隊員たちの呼吸は、無電で木原に届いた。こわれた笛を使って無理やり合奏しているような響きだ。

「頑張れ、もう一息だ」

ついに隊員たちはロケットにたどりついた。最後の力を出し尽して梯子を登り、次々と気密室にころがり込んだ。消毒を終えた隊員たちは口々に言った。

「だが、あの城は何だったのでしょう」

「わからん。だが、我々に対して悪意と歯の立たぬ科学力を持っていることだけはたしかだ」

「まあ、全員助かったことだけは幸運だったな」

だが、果して幸運なのだろうか。強力な電磁場を突破して攻撃するだけの科学力があるのに、なぜ、隊員やロケットにひとつも当らないのだろう。一人も殺さずに攻撃することは、相手を全滅させる攻撃よりはるかにむずかしいことだ。わざとそうしたのなら、その技術は想像もできぬ高度なものだ。

木原はほっとすると同時に、このことに気づき、寒気を覚えながら話した。だが、だれにも結論は出せなかった。艇長は、

「とにかく地球にもどろう。そして、よほど科学が進むまではこのキル星に近づかないように報告するのだ」

と、命じた。

木原は操縦席でロケットの進路を地球に向けた。そして、虚空《こくう》にほほえむユリエの幻を描き、さらに速力をあげた。

再びはじまった単調な生活を破るようにレーダー係の吉野が叫んだ。

「はるか後方に何か飛んできます」

「それは何だ」

と、艇長が聞いた。

「不明です。物体は二つあります」

「調べよう。少し速力を落せ」

ロケットは速力を下げた。だが、その物体も速力を落したのか、距離はちぢまらなかった。

「ミサイルを射《う》て」

ミサイルが発射されたが、何の手ごたえもなかった。

「よし、全速力をあげてカーブを切り、ふり切ってしまえ」

ロケットは大きくカーブを切り、さらに速力をあげた。

「レーダーの反応はどうだ」

「もう消えました」

果して振り切ったのだろうか。相手が気づいてレーダーへの反応を消したか、それともレーダーの効く範囲外へはなれたかしたのではないだろうか。この一同の懸念《けねん》は拭《ぬぐ》い去られはしなかった。

長い宇宙の旅は終りに近づいた。地球の大陸の形がわかるようになり、月の基地との無電連絡もついた。ロケットは出発した時の月の基地に向って着陸態勢に入った。

4

「あたしよ。ずいぶん待ったわ」

ロケットから降りて基地に入った木原に、すらりとした女性が抱きついた。

「あっ、ユリエか」

木原は理屈では知っていても、夢のような時間のズレにちょっととまどったが、すぐに見ちがえるように成長したユリエと知り、抱きしめる手に力を加え、

「もう、これからは離れないよ」

と、言った。その時、出迎えでこみ合う人々に向ってスピーカーが、

「地球向けのテレビ放送をいたしますから隊員の方はスタジオにおいでください」

と、アナウンスをはじめた。隊員たちがスタジオに向いかけた時、突如アナウンスは中断し、

〝正体不明の物体が二個、月へ向っています。只今《ただいま》調査中です〟

と告げた。

木原はこれを聞いてすばやく宇宙服をつけ、基地の出口に走りかけた。

「どこへ行く？」

と、艇長が叫んだ。

「念のため、ロケットを避難させます」

「待て、調査してからでいい。燃料は無駄にするな」

だが、木原は基地を出てロケットに向ってかけた。

これを見て、ユリエもそばにあった宇宙服をつけてそのあとを追った。

「待って!」

ユリエの着た宇宙服はからだに合っていないので歩きにくかったが、彼女は必死にかけつづけ、梯子につかまった。梯子はユリエをのせてひき上げられ、扉は彼女がはいると閉じた。

「なんで急いでロケットに乗ったの」

二人を乗せたロケットが月を少しはなれた時、ユリエは木原に聞いた。木原は苦笑いした。

「少し神経質すぎたかな。だが、あの正体不明の物がキル星からの物としたら注意するに越したことはない。全くあいつらは何を考えているかわかったものではないからな」

「キル星で何があったの」

木原が話し出そうとした時、目もくらむような緑色の光が窓外にきらめき、ロケットは大きくゆれた。

「何だ!」

二人が窓からのぞいた時、そこに見た物は自分の頭が狂ったと思わずにはいられない光景だった。今まであった月が粉々に砕け散っていたのだ。

「信じられない」

信じられないような爆発だったが事実だった。二人は一瞬のうちに死んだ月の基地の人々のために祈った。艇長、吉野無線士、その他多くの人々は今の爆発で苦しむ間もなく蒸発してしまったのだ。

「こちらは地球。今の爆発は何だ」

受信機が狂ったように叫びつづけた。木原はそれに応答した。

「危く脱出したキル星探検隊の操縦士木原です……」

木原は、キル星の惑星上で被害のない攻撃を受けて逃げ帰ったこと。相手は我々を無事に帰し、そのあとで爆弾をつんだ無人追跡ロケットを発射したらしいこと。途中でレーダーに感じた物体がそれだったらしいことを報告した。

5

「全く恐るべき住民です。やってくる者をやっつけるのでは物足りなくて、その故郷の星を全滅させようというつもりらしいです」

木原はホッとして着陸に入ろうとし、念のためにレーダーをのぞいて顔を急にひきつらせた。

「どうしたの」

ユリエは心配そうに聞いた。

「だめだ、もう一発ついてくる」

地球からの電波は呼びつづけた。

「どこに着陸しますか」

木原はそれに答えた。

「だめです。降りられません。もう一発あとをつけてきます。畜生、キル星の奴《やっ》はどこまで残忍なんだ。途中で基地に降りる場合を計算に入れて二発用意したにちがいない」

地球からの電波ははげました。

「待っていろ。何とか助ける方法をやってみるから」

木原はしばらく考えてから答えた。

「いけません。下手にロケットを飛び立たせると、相手はそれを狙って突っ込むかもしれません。何しろキル星の科学は恐るべきものです。地球はなるべく基地のようなふりをつづけてください」

「そうか。では、ロケットを出すのは中止しよう。どうしたらいいか」

木原はレーダーに戻り、今のが見まちがいであればと思ったがだめだった。

「地球に降りられないの」

木原の応答を聞いていたユリエが彼にすがりついて叫んだ。

「ああ、僕たちが降りたら、あとをつけているあの爆弾が地球を粉々にしてしまうだろう」

と、彼はユリエを抱きしめて言った。

「では、どうしたらいいか」

地球からの無電は聞いていた。

「考えつきません。だが、私たちが着陸しない限り爆発はおこらないでしょう。どうするか考えつくまで、一応キル星探検の報告をしてしまいましょう」

木原はロケット内にあった資料をくわしく報告した。

「何か方法を考えついたか」

「考えつきません。だが、いずれにしろ着陸は危険です。しかし又、このロケットが地球のまわりにいては地球のロケットは飛び立てないし、人々も心配でしょう。私たちは爆弾をつれて地球からはなれます」

「だが、君たちを見殺しにはできない。何でもやって見るから意見を言ってみてくれ」

「ロケットには三年分ぐらいの燃料と食料が残っています。それを使って飛びつづけましょう。そのうち相手の燃料がつきるかもしれません」

「なんとかこっちでも方法を講じるから、遠慮なくしてほしいことを言ってくれ」

「では、二年後に地球の近くにもどってきますから、できたらその時までにこれと同じロケットを作って浮かべておいてください。それに乗り移ってみます。いくらなんでも相手はひとつですから、一度に二台は追えないでしょう。何回か乗りかえているうちに、うまくまけるかもしれません」

「いい考えだ。早速同じ大きさのロケットの建造にとりかかろう」

聞いていたユリエのあおざめた顔は、地球へ戻れる可能性のあることを知って、少し明るくなった。

「ほかにはもう、して欲しいことはないか」

木原はしばらく考え、ユリエの顔をみながら言った。

「できたら結婚行進曲でも送って頂きましょうか」

ユリエの顔はさらに輝いた。

木原はユリエをひきよせキスをした。

「もう、これからはとしをとるのもいっしょね」

無電で送られてきた音楽はロケット内にひびきはじめた。そのなかでロケットは噴射をはじめ、二人は長い新婚旅行に向った。

黒い光

事件のはじまり

東京のあちこちで、ふしぎとしか言いようのない事件がおこりはじめていた。それは、あまり目立たない形ではじまった。

自動車の事故でなん人も死んだとか、銀行ギャングといったものなら、すぐ大さわぎになる。しかし、そんなたぐいではなかったのだ。新聞でも小さな記事としてしか扱われなかった。

夜道を歩いていた人が、いくらかのお金をとられたといった程度のことなので、新聞なら二、三行ですましてしまう。記事としてのらないほうが多かったにちがいない。それに、そんな目にあって届けない人が多かった。だから、事件はなかなかはっきりしなかったのだ。もちろん、被害を受けた本人にしてみれば、決して楽しいことではない。しかし、べつにけがをしたわけでもないし、あっというまにカバンをとられたとか、ポケットのなかのさいふがなくなったぐらいでは、不運とあきらめてしまう人もいたのだった。

また、こんなことぐらいでと、めんどうがって届け出ない人もあった。夜おそく、お酒に酔って帰る道で事件にぶつかった人は、気がつかないうちに落としたのかもしれないと考えてしまう。

しかし、これらの事件はそんな小さいものではなかった。多くの人たちは軽く片づけてしまっていたが、被害を受けた当人たちにとっては、どうも割りきれない感じの残る、謎《なぞ》にみちたできごとだったのだ。

夜道といっても、都会のことだからまっくらではない。街灯だってあるし、あかりをつけている家もある。そんなところを歩いていると、前からだれかが近づく足音が聞こえてくる。さらに近づき、相手の顔や服装が見わけられそうになると、そのとたんにはじまるのだ。

どうしたことか、街灯も家のあかりもすっと消えて、あたりがまっくらになる。おやっと思って立ちどまっているうちに、足音だけが横を通り抜け、遠ざかってゆくのだ。

そして、しばらくすると、家や街灯の光がふたたび明るくなり、まわりが見わけられるようになってくる。ところが、気がついてみると、たった今まで持っていたカバンとか品物、ポケットのなかのさいふなどがなくなっているというのだった。

ある人も、こんなふうにしてカバンをなくしてしまった。しかし、その時お酒に酔っていたため、家へ帰って話しても、つぎの日に会社へ行って友人に話しても、だれひとり信じてくれない。友人はこう笑うのだった。

「きみ、そりゃあ、酔ってどこかへ落としたんだよ」

「いや、ほんとうにあの時は、足音が近づいてきて、まわりの電灯が消えたんだがなあ……」

「なに言ってるんだい。いつだったか、そら、会社の宴会の帰りにポストとけんかをしたじゃないか。ポストにぶつかって、じゃまだどけと、ぽかぽかなぐったじゃないか」

「いや、あの時は酔ってたんだ」

「きのうだって酔ってたんだろう」

「そうかな。やっぱり酔ってたのかもしれないな」

友人たちにいろいろ言われると、なんとなくそんな感じになってしまう。それで、警察まで届け出る気もなくなってくる。また、これ以上あくまでも主張すると、頭がおかしくなったと思われるかもしれない。結局あきらめなければならないのだった。しかし、被害者たちのなかには、届け出た人もあった。

夜、すし屋の若い店員が、容器と代金とをもらって店へ帰る途中のことだった。雨の降ったあとで道が悪く、そのため懐中電灯で照らしながら歩いていたのだが、それがふいに消えてしまった。

ふたたび光がもどるまでのわずかなあいだに、白い上着のポケットに入れておいたはずのお金がなくなってしまっていた。しかも、この店員もまた、通り抜けてゆく足音をたしかに耳にしていた。

このままでは店に戻れず、交番に寄ってありのままを話した。しかし、困ったのは警官だった。不良少年におどかされたとか、すりにやられたというのならわからないこともないが、相手の姿を見てないというのでは、さっぱり手のつけようがない。

「遊ぶことにお金を使ってしまったのではないのか」

警官は、店員がパチンコでもやってお金を使い、いいわけに困っての話かもしれないと思った。しかし、なん度たずねても、店員の答えは変わらず、うそをついているような顔でもない。

警官はついに、問題の場所にいっしょに行ってみることにした。うっかりして落としたとも考えられるからだ。だが、どこにも見あたらない。また、入れまちがえたのではないかと、ズボンのポケットなど、お金を入れることのできそうなところを、すっかり調べなおしてみた。しかし、どうしても見つからなかった。店員は頭をかきながら言った。

「このまま帰っては、主人にしかられてしまいます……」

しかたなく、警官はすし屋までついて行って、主人に説明をしてやることにした。といっても、警官自身にもよくわからないのだから、主人のほうは、まるでキツネにつままれたような顔になった。

警官はあとで、この事件を本署にいちおう報告した。しかし、報告を受けた人も、

「そんなばかげたことは、おこるわけがないじゃないか。なにかのまちがいだろう」

と、信用しない。それに、たいした金額でもなかったので、とくに調査に乗り出そうともしなかった。

西原信夫のおかあさんが買い物の包みをとられた時も、やはり同じようだった。時刻はまだそうおそくはなかったのだが、明るい大通りからまがって家へ帰る五十メートルほどのあいだにやられてしまったのだ。その途中にはひとつ横道があって、そこ

から人の足音がした。なにげなく顔をむけると、街灯がすっと暗くなり、思わず立ちどまったすきに、足音だけがそばを通り抜けて行った。

また明るくなった時には、かかえていた包みが消えている。落としたおぼえもなく、ほんとうに消えたとしか言いようがない。

おかあさんは驚き、家へかけこんで、息をはずませながら、信夫のにいさんにいまのできごとを話した。

小学生の信夫は、もう寝床にはいってはいたが、まだ眠っていなかったので、その話を聞いてしまった。

おかあさんの話に対し、大学生のにいさんはこう言った。

「おかあさん、そんなことがあるはずがないじゃありませんか。かっぱらいならあるかもしれないけど、そのために街灯を消してとりかかるなんて、簡単にはできませんよ」

「そう言えばそうだね」

「ちょうどつごうよく停電してくれるというのも、うますぎる話です。まあ、停電したのをさいわい、かっぱらいを思いつく人はないとは言えないけど、かっぱらうほうだって、なにも見えなくてはぐあいが悪いでしょうね。それに、あのへんが停電したのなら、この家も停電するはずだけど、そんなことはありませんでしたよ」

「だけどね、ほんとうにまっくらになったんだよ」

「おかあさんは、時々目がくらむことがあるっていってたでしょう。さっきのも、きっとそれですよ。買い物の包みは、そのとき落としてしまったのじゃないかな。すぐに捜せばころがっていたでしょうが、いまではだれかに拾われてしまっているでしょう。だけど、いずれにせよ、中身はたいしたものではなかったんですから、今夜は早く休んだほうがいいですよ」

「そうかねえ……」

そう説明されて、おかあさんはそんな気になってしまった。それで警察へ届けることもなく、そのままにしておくことにした。

信夫は聞いていて、妙な事件だなと考えた。起き上がってもっと話を聞きたかったが、にいさんの落ち着いた説明を聞くと、もっともなようにも思えた。ただ、足音がした点については、説明できない謎が残る。しかし、そのうちに眠りにはいってしまった。黒いお化けの夢を見た。

それからしばらくたったある日、事件はべつな場所で、もう少し大きな形で発生した。

やはり夜の道だった。住宅地を抜ける細い道を、ある運送会社の小型トラックが、荷物台にタンスをつんで走っていた。おそくなってもいいから、ぜひきょう中に届けてくれとの連絡で、配達先へと急いでいたのだ。運転台には運転手と助手とが乗っていた。その道へさしかかった時、前から一台の自動車がやってきた。なにしろ夜の道のことなので、ヘッドライトが二つの目玉のように光っているだけで、どんな型の車か見わけにくかった。

小型トラックはスピードを落とし、道をよけようとした。その時、あたりが急にまっくらになってしまった。運転台には計器のランプがついているはずなのだが、それも消えている。同時に、道ばたの街灯も消えた。

運転手ははっとし、急ブレーキをかけた。やがて明りがともりはじめ、前を見ると、さっきの車はすれちがったのか、どこかへ行ってしまった。

「なにがおこったのだろう」

「わからない。こんなことははじめてだ」

こう話しあいながら、ふたりは車を走らせようとした。だが、少し走ってから、運転手は言った。

「なんとなく変だ。ちょっと荷物台を見てきてくれ」

「ああ」

助手はやがて大声をあげた。荷物台の上にあったはずのタンスがなくなっている。たしかにふたりで積みこんだはずのタンスが。

途中に道の悪いところもなかったし、あったところで簡単に落ちるはずがない。また、落ちたとしたら、音で気がつきそうなものだ。

ふたりは顔を見あわせるだけで、ことばも出なかった。急いで小型トラックを走らせ、交番の前へとめた。

交番の警官も、今度は熱心だった。ふたりの言うことはぴたりと一致していたし、大きなタンスが消えたことは事実らしかったのだ。

それでも、念のために運送会社に連絡をとった。会社のほうではタンスを積んだことはたしかだと答え、ふたりのことも保証した。まじめで信用できる人物であり、つとめはじめて十年以上にもなると、はっきり言った。悪いことをするのなら、もっと早くやっていただろうし、もっと高価な品の時をねらってやるはずだ。

ふたりの作り話でないことはあきらかだった。警官が何回質問をくりかえしても、答えは同じだった。こうなってくると、すれちがった車が怪しいと思えた。ほかには考えようがない。

警官は本署に連絡し、パトロール・カーに手配をたのんだ。タンスを積んだ車を発見したら、いちおう調べてもらうようにと。

しかし、こう思いつくまでに、けっこう時間がたっていた。これによる収穫はなにもえられなかった。

こんな程度の事件でも、こう数がふえてくると、大きな問題になってゆく。警察でも調査に本気で取りかかりはじめたし、新聞にもまじめな書き方で記事がのった。

それによって、都民もやっと関心をむけることになった。いままでは新聞社としても、キツネに化かされたような事件をのせては社の信用にもかかわると、のせたとしても笑い話のようにしか扱わなかったのだ。

しかし、今度はそうでなかった。笑われるのではないかとだまっていた人たちが、警察や新聞社に、

「じつは私もそうだった」

「そういえば、自分も……」

と、つぎつぎに被害を受けたことを申し出た。そのなかには、不注意や酔っぱらっ

て物をなくした人もまじっていたかもしれない。

こうした話は新聞、ラジオ、テレビで扱われはじめると、一段と大きなさわぎとなる。人々は、えたいのしれない怪物が東京に出現したのではないかと、うわさをしあった。また、もっと恐ろしいことの起こる前ぶれではないかと、心配する者もあった。

信夫の家でもこのニュースを知り、おかあさんが包みをなくしたのも、もしかしたらこの事件に関係があったのではないかと話しあったのだった。

姿なき怪物

人々の話題は〈姿なき怪物〉でにぎわうようになった。電灯の光を自由に暗くできる怪物だ。しかも、正体がつかめないため、いっそう人々の不安をかきたてる。

「どんな方法でやるのだろう」

「なにをたくらんでいるのだろう」

いままでは、たいした被害をおよぼしていない。しかし、だからといって、大きなことをやらないとは断言できない。むしろ、しだいに大がかりになると考えるほうが自然だった。

女の人や子どもは、なるべく夜は外出しないように気をつけた。おとなの男でも、大金を持った場合には、夜にならないうちに仕事を片づけるように心がけた。

「まるで、魔法使いにねらわれているみたいだな」

みな、心のなかでこう考えた。だが、だれも口に出しては言わない。この科学の進んだ時代に、魔法使いとはいくらなんでもおかしい。しかし、魔法としか呼びようのない事件なのだ。こうした気分が、とんでもないうわさをうみだした。

《姿なき怪物は宇宙人、空飛ぶ円盤で東京郊外に着陸か》

ある週刊誌がじょうだん半分な調子で書いた、こんな題の記事がはじまりだった。

もちろん、そんな証拠があってのことではなく、ただの思いつきだった。しかし、だれにも説明のつかない事件なので、これもひとつの答えとなってしまった。

「そういえば、光る物体が空を飛ぶのを見た」

と言う人や、

「宇宙人なら、強い磁力線を出す武器を持っているかもしれない。それを使えば、ある地域の電流を一時的にとめることぐらいできるだろう」

と考える人も出てきた。

しかし、宇宙から簡単に人がやってくるとも思えない。かりにそうだったとしても、お金を奪ったりタンスを盗むなど、宇宙人らしくないふるまいだ。

「そんなことはありえない……」

と学者たちは宇宙人説を否定したが、と言って、これにかわる説明もできなかった。内心では、宇宙人のしわざかもしれない、と考えている学者もいたようだった。


信夫の家では、この事件についてとくに関心を持っていた。おかあさんが包みをなくしたのも、たぶんこの怪物のせいなのだ。ニュースのひとつひとつが一家の話題になる。おとうさんは少し前から会社の仕事で地方に出張してるすだったので、毎晩、三人で話しあっていた。

しかし、信夫の家では、だれも宇宙人のしわざとは思えなかった。小さな買い物の包みをねらうのも変だし、おかあさんの話では、足音はたしかに人間のものだったそうだ。

信夫の行っている小学校でも、事件はみんなの話題になっていた。

「宇宙人だよ」

「ちがうよ」

議論はいつも二つに分かれる。信夫の親友の斎藤弘は、宇宙人だという説の組だっない。弘は宇宙の話が大好きで、いつもそんな本ばかり熱心に読んでいるせいにちがいない。

「これは、太陽系の外から、土星の衛星や火星を基地にして、地球へ乗りこむ計画なのだ。まず、地球人とはどういう生物なのか、その調査をやっているんだ」

こう弘は主張する。だが、べつにけんかをするわけではなく、なんとかしてこの謎《なぞ》をときたいという気持ちのあらわれなのだった。

みなは二つに分かれて、議論はきりがない。とうとう、授業が終わってから、理科の木下先生に質問することにした。

「先生、どっちでしょう」

先生も困ってしまったが、こう答えた。

「いや、先生にもわからない。しかし、ただ騒ぎだけでは、解決はできない。宇宙人のしわざかもしれないが、その前に、人間にやれることかどうか、よく調べてみるべきだと思う。むかしはふしぎだと思われた現象も、科学の進歩によって、ふしぎでなくなってしまったことはたくさんある」

「そうですね」

「さあ、きょうは早く家へ帰りなさい。こんな時に寄り道などして帰りがおくれると、家の人は心配するからね」

みなはそのことばに従い、家へ帰った。

その晩のこと、信夫の家へ出張先のおとうさんから電話があった。まもなく帰るということを知らせてきた。おかあさんとにいさんが話したあと、信夫も受話器をとった。

「もしもし、おとうさん。いつ帰ってくるの」

「あさって帰るよ。おみやげは忘れないから、おとなしく待っていなさい」

「きっとだよ」

話し終わって電話をきろうとした時、電話が混線したらしく、だれともしれぬ低い男の声が聞こえてきた。

「おい、オオカミかい。おれだ、黒い光だ。そろそろ取りかかるとするか」

「いつにするのですか」

と答える声にも、聞きおぼえはなかった。会話は進んだ。

「あすの夕方、駅前の宝石店だ」

「てはずは？」

信夫が思わず耳を傾けていると、にいさんがそばから声をかけてきた。

「信夫、まだ話しているのかい」

それで、あわてて受話器をもどしてしまった。ひとの電話を盗み聞きするのは、あまりいいことではない。しかし、あまりにも妙な意味ありげな会話だったので、受話器を取りなおして、耳に当ててみた。だが、もはや声はしなかった。

信夫は気になってならなかった。しかし、さっぱりわけがわからない。にいさんに聞いてみることにした。

「にいさん。黒い光ってなんのこと」

「黒い光だって？　なんだい、それは。そんなものはあるものか。黒とは光のないことじゃないか。どこでそんなことばを聞いたのだ」

「いま、電話の混線で、そんなことを話しているのが聞こえたんだよ」

「なにかの聞きちがいか、じょうだんだろう」

にいさんにもわからないようだった。しかし、信夫はふと、もしかしたら、いま世の中をさわがせている例の事件と関係があるのではないかと思いついた。

駅前の宝石店とか言っていた。このあたりで国電駅前の宝石店と言えば、同じクラスの今井夏子の家だ。あすの夕方、夏子の家に、子分のオオカミというのを連れて、黒い光とか言っていた怪人が現われて、なにか事件を起こすとでも言うのだろうか。だが、こうも考えるのだった。駅前と言っても、どこの駅だかはっきりしていない。駅の前に宝石店のある駅は、ほかにもあるにちがいない。

また、いままで例の事件は、みな夜に起こっている。電気をとめて電灯を暗くすることができるとしても、まだ明るさの残る夕方に、日の光を暗くすることは、ちょっと考えられない。となると、事件とは関係がないようにも思えてくる。

つぎの日の放課後、信夫はいつものように弘と話をしていた。話題はどうしても例の事件になってしまう。

「宇宙人だよ」

と弘は言い、信夫はこう主張した。

「ちがうよ。あれはね、黒い光という悪者のしわざさ」

「黒い光？　それ、なんだい」

「なんだか知らないよ。でも、そうらしいんだ」

信夫はそれから、昨夜の変な電話のことを弘に説明した。夢中になって話していると、ふたりの肩をたたいた人があった。びっくりして振りむくと、木下先生だった。

そして、こう話しかけてきた。

「なんだい。また宇宙人の話かい」

ちょうどいい先生の出現に、信夫は思いきって質問した。

「先生、黒い光ってなんですか」

「黒いというのは、光のまったくないことだ。光をまったく反射しない状態をいうのだから、黒い光っていうのは変だね」

「じゃあ、ありえないことなんですね」

「しかし、太陽の光のなかには、目に感じない光もあるんだ。病院なんかで、病人が黒いめがねをかけてなにかにあたっているだろう。あれが紫外線だ。その紫外線だけを出す電灯を、黒い光ランプと呼ぶこともある。光を出しても人間の目にはわからないからだ」

「なにかの役に立つんですか」

と、弘が質問した。

「プラスチックを作る時に、紫外線をあてると早く化合することもあるし、青写真にも役立っている。殺菌などの医学的な方面でも使われているんだよ」

先生はこんな説明をして行ってしまった。

「なあんだ。謎とは関係がないようだね」

「ああ、魔法使いの道具にはふさわしくないな」

と、ふたりはひょうし抜けがした。それから、しばらく校庭で遊んだあと、家へ帰りかけた。しかし、足はしぜんと駅のほうにむいてしまうのだった。

「やっぱり、ちょっと寄ってみようよ」

「うん。気になるものね」

と、夏子の家へとむかった。

今井宝石店は、このあたりで古い店だった。宝石店といっても、時計や貴金属の製品も扱っている。駅前なので、もちろんたくさんの通行人がある。こんな人通りの多い場所で、まだ明るいうちに事件が起こるのだろうか。どう考えても、信夫と弘にはふに落ちないことばかりだった。

「どうしよう。だけど、せっかくここまで来たんだから、寄って行こうか」

「うん。夏子さんの切手を見せてもらおうよ」

夏子は切手をたくさん集めて、いつも自慢していた。ふたりが店にはいって行くと、店にいた夏子のおとうさんは、

「やあ、いらっしゃい。ゆっくり遊んでいってください。おい、夏子」

と、奥へ声をかけた。出てきた夏子は、

「あら、信夫くんに弘くんね」

と、楽しそうな声で言い、ふたりを二階のへやに案内した。その窓からは、駅前の広場が見わたせる。

信夫はじっと人通りをながめた。あの電話のことが気にかかり、こうして見ていると、どの人も怪しい人間に思えてくる。夏子がうしろから声をかけてきた。

「そんなに外ばかり見てて、なにかあるの」

「いや、人ごみを上から見おろすのが、ちょっとおもしろいんでね」

と信夫はごまかした。黒い光という怪人物がこの店をねらっているらしい、などと言っても信用されそうにない。また、信用されて警官を呼んでもらったりして、もしなにも起こらなかったら、たちの悪い子どものいたずらと思われてしまう。信夫には言い出せなかった。

しばらくの時間が流れた。

ふいに、ガラスの割れる激しい音が、一階の店のほうから響いてきた。つづいて、

「あっ、どうしたんだ」

という夏子のおとうさんの声。夏子は驚いて飛びあがり、店へとおりて行った。弘

もそれにつづいた。

信夫もいっしょにおりようかと思った。だが、それよりだれが出てくるのかを見きわめようと、窓にかけより、下の道を見張った。

ひとりの男が、店からゆうゆうと出てきた。帽子をかぶっていて、上からでは人相はわからない。だが、服や歩き方から見ると、五十歳ぐらいの人らしかった。いやに落ち着いた足どりだった。

信夫はその男のあとを追うために、下へおりようとしかけた。だが、店からもうひとりの男が、こんどは急ぎ足で出てきた。やはり帽子をかぶっていたが、若い男のようだった。

こっちのほうが怪しいようだな。ふたりを見くらべているうちに、前の男は人ごみにまぎれて駅へとはいって行った。若い男は通りがかったタクシーをとめ、乗り込んだ。車はたちまち走り去ってしまった。

店へおりてみると、やはり例の事件が起こっていた。

弘は駅のそばの交番へかけつけ、警官を呼んできた。信夫がいまの若い男が乗ったタクシーの番号を知らせると、警官は電話でその車を手配するように連絡した。

それから、やっと気分が落ち着いてきた夏子のおとうさんに質問をはじめた。

「どうしました？」

「いや、驚きましたよ。まったく突然のことでしたからね。最初に上品な紳士がはいってきて、ダイヤモンドを買いたいと言うのです。品物を出すと、もっと大きいのがいいとおっしゃる。私はつぎつぎと大きいのをケースから出してお見せしました」

「なるほど、それで」

「そのうちに、若い男のお客がはいってきました。時計の修理をたのみたいと言うのです。あいにく店には私ひとりでしたし、ダイヤのお客のほうがたいせつなものですから、しばらくお待ちくださるようにと申しました」

「それからどうなったのです」

「若い男はポケットから、時計のようなものを出しました。変な形で、丸い筒のような形だったようですが、よく覚えていません。なにしろ、ダイヤから目が離せなかったものですから」

「それはそうでしょうな」

「そのとたんです。急に店のなかが、まっくらになったのです。ほんとうに暗くなってしまったのですよ。まだこんなに明るいのですから、信じられないでしょうが、たしかなのです。あっと思って、ダイヤを手で押えようとしたのですが、なにもさわらない。手を動かしているうちに、そばにあった置時計を倒し、ガラスを割ってしまったのです。やがて明るくなったのですが、ダイヤもなければ、ふたりの男もおりません」

「すると、例の事件のようですね」

警官はこう言ったが、なっとくできない点も残っていた。夏子のおとうさんは言った。

「でも、例の事件でしたら、夜に限られるはずでしょう。電気をとめるならまだしも、太陽の光をどうやってさえぎったのでしょう。とても人間わざとは思えません」

この話を聞いていた信夫は、弘にそっと言った。

「もしかしたら、きみの言うように変装した宇宙人だったのかもしれないね」

警察の動き

警官たちは事情を聞くとともに、店のなかを入念に調べた。しかし、手がかりになるような指紋も、残していった物も発見できなかった。もっとも、盗まれたダイヤの形や大きさは調査書に書きこむことができた。

店の主人の今井は困りきっていた。

「どうも弱りました。あのダイヤのなかには、お客さんからあずかった品物もありました。こうなると、私のほうで弁償しなければなりません。あのふたりが怪しいと知っていれば、もっと人相をよく見ておくのでした。しかし、なにしろダイヤから目が離せないので、それほかり注意していたのです。なんとか早く、つかまえてください」

信夫はしばらくためらっていたが、思いきって昨夜の電話のことを話した。警官たちは残念がって言った。

「それを早く聞いておけば、手配をすることもできたのだがな。でも、しかたがない。そんな申し出を受けても、われわれが本気で取り上げ、警戒したかどうかわからないからな。それに、信夫くんはちゃんと自動車の番号を覚えていてくれたのだから、大手柄だ。きっとつかまえてみせるよ」

そばから夏子も口を出した。

「そうよ。これで犯人がつかまったら、信夫くんのおかげよ」

信夫も弘もすっかり興奮していた。事件の起こるのにいあわせたのだし、ことに信夫は犯人の姿を二階から見たうえ、自動車の番号も覚えたのだから。

ふたりは帰り道でも、そのことばかり話しあった。

「きょうは、ずいぶんいろんなことがあったね」

「うん、まさかほんとうに事件にであうとは思わなかった」

「だけど、どうやって暗くしたのだろう。あの時は、まだ明るかったのに」

と、信夫が疑問を口にすると、弘は自分の考えを言った。

「ぼくもいろいろ想像したんだけど、黒い霧のようなものを利用したんじゃないかな。その霧に包まれると、光がさえぎられる。つまり、まっくらになってしまう。霧にする前のもとの液体なら、ほんの少しですむだろうし、ポケットに入れて歩けるぐらいの量ですむかもしれないよ」

「うん、それはいい考えだな。いままでの事件は夜ばかりだったので、電灯を消すことばかりに気をとられていた。黒い霧とまでは考えつかなかった。だけど、なにからこんなことを考えついたんだい」

「このあいだ読んだ本に、忍者がそんなことをやるのが出ていたんだ。いや、あれは黒い粉だったかな」

「しかし、きみがガラスの割れる音を聞いて下へおりて行った時には、もう暗くなかったんだろう。そんなに早く霧が消えるかな」

「きっと、特殊な薬品でも使ったのだろう。早く蒸発してしまう液かなにかの」

「そうだね、こんど木下先生に聞いてみよう」

「あ、ぼくはこの道を曲がらなくてはならない。さよなら」

「気をつけてね」

ふたりは別れた。いつのまにか時間がたっていて、あたりは暗くなっていた。

信夫は家へ急ぎながら、熱心に考えつづけていた。やはり霧を利用したのだろうか。だけど、黒い霧を作ったら、犯人たちだって暗いなかにいることになるから、手ぎわよく動けないはずだ。

また、暗いなかから店の外の明るい場所へ出た時に、ちょっととまどうはずだ。それなのに、二階から見ていたが、べつにそんな様子もなく落ち着いて歩いていった……。

その時、クラクションの音がして、自動車が前からやってきた。信夫は急いで道のはしによけた。車をやりすごし、歩きかけた時、道のくぼみに足をひっかけ、ころびそうになってしまった。

だらしがないな、道でつまずくなんて、と信夫は思った。夜道で暗いといっても、街灯がついているのだから、くぼみが目にはいらなかったはずがない。考えながら歩いていたせいかな。それとも……。

そうだ。自動車のヘッドライトの光が目にはいったため、しばらくのあいだ目がくらんでしまったのだ。暗いというのは光が照らしていない状態もそうだが、目が光を感じない場合でもいいのだ。ヘッドライトの強い光のせいなのだ。

信夫は、犯人が使った方法は黒い霧以外にも考えられそうだと思った。しかし、目をしばらくのあいだ見えないようにする方法となると、できるかどうかわからなかった。

家に戻ると、出張していたおとうさんが帰宅していた。仕事が早くすんだので、昼の列車へ乗れたのだった。

信夫はみなの前で、きょうの事件のことをくわしく話した。混線によって聞いてしまった電話のこと、犯人らしい姿を見たことを。それから、腕ぐみして言った。

「なんとかして、早くつかまえたいな。急に暗くする方法も知りたくてならないんだよ」

「なんだか、すっかり探偵気取りだね。そうそう、これはおみやげだよ」

と、おとうさんは箱を出した。電話機の形をした小さなラジオだった。おとうさんの会社の地方の工場で、輸出用に作りはじめた品だった。それを一つ持ってきてくれたのだ。

「わあ、すてきだな。どうやって聞くの」

「ダイヤルを回せばいいんだよ」

その通りにすると、いろんな放送局のがはいってくる。ニュースをやっている局もあった。

〈……駅前の今井宝石店に、例の怪事件が起こり、同店では多数のダイヤを取られました。犯人はふたり組で、あっというまに店を暗くし、犯行後べつべつの方向に逃走しました。警察では犯人を捜査中ですが、まだ明るいうちに店を暗くした方法は不明で、それについても調査をつづけています……〉

これを聞きながら、信夫はおかあさんに聞いた。

「おかあさんの時はどうだったの。弘くんは黒い霧を使うんじゃないかって言ってるんだけど」

「さあ、あの時はすっかりびっくりしてしまって、よくわからなかったよ」

たよりない返事だった。

警察では信夫が見た番号をたよりに、問題のタクシーを捜していた。だが、東京を走る車はじつに多い。番号からタクシー会社を知ることはできたが、それだけではしようがない。

刑事たちがタクシー会社に行って待っていると、夜の十時ごろになって、やっと戻ってきた。もちろん、犯人らしい男は乗っていない。さっそく、運転手に質問がはじめられた。

「五時に今井宝石店の前から乗せた客は、どこでおりましたか」

「ええと、ちょっと待ってください……」

運転手は営業記録の用紙を調べながら答えた。

「……ああ、これだ。三十歳にはならない若い男だったようです。黒っぽい服でした。行き先はと、大森駅でした」

「おりてからどこへ行ったか、覚えていませんか」

「その人をおろすと、すぐつぎのお客が乗って来たので、はっきりとは……。そうそう、公衆電話のほうにむかって行きましたが、三人ほど並んでいたので、困ったような様子でした。だけど、いったい、その男はなんなのです」

「このあいだから問題になっている、急に暗くして物を盗む犯人らしいのだ」

「うっ、宇宙人ですか」

「そんなふうに見えたかね」

「いいえ、ふつうの人間と変わりないようでしたよ。しかし驚きましたね。いまになって冷や汗が出てきました。それでも、まだ明るいうちでよかったですね。人通りのない道でまっくらにされたら、なにをされたかわかりません。第一、走っている時にそうされたら大変な事故を起こしてしまいますよ」

「ところが、あの宝石店では、明るいうちにまっくらになったんだよ」

「えっ、明るいうちにですって。そんなことができるのなら、私たち運転する者は、どうしたらいいんで……」

と、運転手は青くなった。

「まあ、その点は大丈夫だろうよ。犯人だっていっしょに乗っているんだから、けがをしたくはないだろう」

「それはそうですね」

運転手はいくらか安心したようだった。

警察は大森駅の近くを重点的に調べることにした。犯人らしい男がまだいるとは思えないが、なにか手がかりになるものがつかめるかもしれない。だが、夜もおそいため、聞きこみは翌日にされた。

刑事のひとりはこう考えた。犯人は公衆電話にむかったが、人が並んでいて困ったらしい。となると、急いで電話をかけなくてはならないのなら、近くの店へはいって電話を借りたかもしれない。

コーヒー店で聞いたが、収穫はなかった。つぎに、タバコ屋のおばさんに当たった。

「警察の者ですが、きのうの夕方、黒っぽい服を着た若い男が、赤電話をかけに寄りませんでしたか」

「一日にたくさんの人が使いますから、とてもいちいち覚えてはいません。いったい、なにがあったのですか」

「宝石店から逃げた犯人です。タクシーの運転手の話では、このへんでおろしたそうです。時間は五時ちょっとすぎぐらいです。ぜひ思い出してください」

刑事ははげました。おばさんは、考えたあげく、こんなことを言った。

「もしかしたら、あいつかもしれないわ。どことなく怪しい感じがしましたね。夕食の前でしたから、時間もそのころでした。なにか、小さな声で電話をかけていましたよ」

「どんな話だか、聞けませんでしたか」

「そういえば、聞こえました。普通に話していたのなら気にならないのですが、ひそひそ声となると、つい、注意がひかれてしまいます。それに、自動車の音がうるさいので、しぜんと大声になっていったんですよ」

「なにか覚えていませんか」

「ええと、尾上《おがみ》さんを呼んでくれって言ってました。大神《おおがみ》さんだったかもしれません。だれにも気づかれなかったか、とか、あさって銀座の店にしようとか、そんなことを話してたようです。変なことを言ってるなと思いましたけど、盗み聞きは気がひけますし、タバコを買いに来たお客もあって、それぐらいしか覚えていません。あれが犯人だったのですか。それなら、もっとよく見ておくんでした……」

犯人にまちがいないようだった。

「それからどっちに行きましたか」

「そこまでは覚えていません」

むりもないことだろう。

「どうもありがとう。大変に役に立ちました」

刑事は店をあとにした。貴重な手がかりが得られたのだ。

警察署では、刑事たちが集まって、今後の捜査方針を相談した。

「やはり、タバコ屋に寄った男がそうらしい」

「尾上という仲間を呼んだようだ」

「尾上という名まえだよ。信夫くんの言っていたオオカミという名に似ている」

「となると、黒い光というそいつが主犯で、オオカミとかいう年配のほうが子分なのだろうか」

「そうかもしれない。だが、これからどうするかだ。尾上とか大神とかいう男を東京じゅうから捜し出すのは大変だし、それに、そっちのほうの人相ははっきりしていない。足どりはタバコ屋で切れてしまっている」

「しかし、銀座の店とか言っていたそうだ。つぎの目標なのかもしれない」

「と言っても、なんの店かわからないし、銀座にある店は数えきれない。けっきょく、手のつけようがないことになる」

刑事たちは考えこんでしまった。銀座のすべての店を警戒するのは不可能だ。そのうち、刑事のひとりが言った。

「やはり、宝石を扱う店に重点をおく以外にないだろうな」

「それに賛成だ。だが、あの男はどこへ逃げたのだろう」

「あるいは、大森の近くにかくれ家を持っているのかもしれない。羽田空港に近いから、なにかと便利だろうし……」

大森駅が羽田に近いので、そんなことを言う者もあった。盗んだ宝石は特徴がわかっている。国内で売れば、それから足がつく。だから、飛行機にかくして外国へ送るという方法も考えられるのだった。

博士の家へ

信夫が学校に行くと、事件の話でもちきりだった。

「それからどうしたの」とか「そこで信夫くんが上から見おろしたんだね」とか、なん度も聞かれる。

信夫ばかりでなく、弘も夏子も同じ話をくりかえさなければならず、休み時間にも遊べないありさまだった。話のなかでみなが最もふしぎがったのは、やはり急に暗くなったことだ。

「あれは黒い霧だよ」

と弘は言い、信夫は、

「いや、きっと目がしばらくのあいだ、やられるのさ。それで暗くなったように感じるだけだよ」

と、昨夜の思いつきを話した。みなの意見も二つに分かれ、きりがなかった。みなは理科の木下先生に、その疑問を持ちこんだ。

「先生、黒い霧を作って、あたりを暗くすることはできるでしょうか」

「できないことはないだろうが、暗くするほどの霧を作るのは、簡単ではないだろう。よほど濃くなくてはならず、まっくらにするのはむずかしそうだな」

先生の説明では不可能のようだった。そこで、だれかがこう質問した。

「それじゃあ、霧でなくて煙ならどうでしょう」

「うん、そのほうが作りやすそうだ。霧は水の粒だから表面で光を反射する。だが、煙だったら、光を吸収して黒い煙を作ることもできる。暗くするのなら、煙を利用したほうがよさそうだな」

「じゃあ、きっとそれですね」

「しかし、弘くんが店へおりた時、けむかったかい」

「煙なんか残っていませんでした」

と、弘はきのうのことを思い出しながら答えた。

「では、においはどうだった」

「ちっともにおわなかったわ」

と、夏子が答えた。先生はうなずきながら言った。

「だとすると、煙でもなさそうだな。煙ならすぐは消えないだろうし、においもするはずだ。もっとも、新発見の煙ならべつだが……」

煙という説もあやしくなってきた。そのうち、ひとりが思いついたように言った。

「そうだ。いつか夜道で、小型トラックのタンスを盗まれたことがあった。あの時は、霧や煙じゃだめなわけだ。運転台まで煙を入れることはできない」

ここで、信夫は待ちかまえていたように自分の思いつきを言った。

「先生、目がちょっとのあいだ、やられることはあるでしょう」

「それはある。まぶしい物を見つめると、しばらくは見えなくなる。明るい場所から、急に暗い所にはいった時など、そうなるね。また、太陽や明るい雪を長いあいだ見つめると、目がやられるし、ひどくなると見えなくなるよ」

ユーモア好きのひとりが口を出した。

「せんだって、いなかのおじいさんが来て、ごはんを庭に捨てると目がつぶれるっていってましたよ」

「それは、むだなことをするなという意味だよ」

と、先生は笑いながら説明し、みなも大笑いした。それがおさまると、だれかがこう言った。

「強い光を受けたため、しばらく見えなくなるならわかるけど、この事件では、だれも光を見ていない。どうしてなんだろう」

もっともな疑問だった。今までの事件で、強い光を感じたと話した被害者はひとりもいないのだ。となると、この説もあてはまらないのだろうか。

「わかった」

と、弘がとつぜん叫んだ。みなは驚いて聞いた。

「なんだい。なにがわかったんだい」

「いつか先生にうかがった紫外線のことだよ。紫外線なら目に見えないだろう。それを使えばいいんじゃないかな。先生、どうでしょうか」

「それはいい考えだな。しかし、そんなに強い紫外線を出す装置があるかどうかだ。先生はまだ聞いたことがないがね。だが、信夫くんと弘くんとは帰りに警察へ寄って、この思いつきをいちおう伝えておいたほうがいいかもしれないな」

ふたりは帰りに警察へ寄ってみることにした。

警察ではこれからどうするかについて、会議をつづけていた。せっかく大森駅まで追いかけながら、足どりは消えてしまった。オオカミというのが人の名らしいことと、銀座でなにかが起こるらしいこと。これだけがわかったことの全部だった。そこへ信夫と弘がやってきたのだ。

「やあ、きのうはごくろうさま」

と、ふたりを見た刑事が言った。信夫はすぐに聞いた。

「犯人はわかりましたか」

「いや、まだなんだ。もう少し手がかりがあればいいんだがね」

「ぼくたち、急に暗くする方法を思いついたんです。それを知らせてあげようと、やってきたのです」

「ほう、それはほんとうかい。いったい、どうやるんだね」

「さっき、先生といっしょに考えたんですけど……」

と、ふたりはかわるがわる説明した。刑事ははじめのうちはあまり期待していなかったが、話が進むにつれ、真剣な顔になってうなずいた。

「うん、そういうこともあるかもしれない。さっそく調べさせてみよう。そんな方面にくわしい学者がいるかどうかを」

と、資料係への連絡がなされた。それから刑事は、ふたりに言った。

「いいヒントになればいいが、われわれは頭がかたくなっているせいか、つい型にはまった考え方をしてしまう。紫外線の利用とまでは思いつかなかった」

そんな話をしていると、机の上の電話が鳴った。資料係かららしかった。

「もしもし、もうわかったのか。よし、すぐに行ってみよう」

と、刑事は電話を置いて立ちあがり、ふたりに言った。

「大島博士に聞けばわかるかもしれないそうだ。博士は戦争中に軍から秘密兵器の研究をたのまれ、殺人光線の関係をやっていた学者だ。戦後はずっと自宅にひきこもったままだという話だ。住所は東京の郊外だそうだから、これから行って調べてくるよ」

信夫と弘は顔を輝かせてたのんだ。

「ぼくたちも、いっしょに連れていってください」

「うむ。きみたちのおかげで事態が発展したのだし、信夫くんは犯人を見ている。連れて行ってあげるから、手伝ってくれないか」

「でも、二階から見おろしていただけですから、はっきりしたことは言えませんよ」

「しかし、大ざっぱなことなら言えるだろう。ぜんぜん犯人とは似ていないとか……」

「それくらいなら、わかるでしょう。だけど、どうしてですか」

「大島博士が犯人のひとりということもありうるからだ。もしそうだったら、すぐつかまえなくてはならないことになる」

刑事と信夫と弘とは、警察の車で博士の家へとむかった。その途中、打ち合わせをした。大島博士が犯人に似ていたら、信夫は右手で帽子を取っておじぎをする。まるで別人だったら、左手で取る。博士の前で犯人だとか、ちがうとか話しあっては失礼になる。そのためにこんな合図が必要だったのだ。

やがて車は、博士の家の前に着いた。

「では、いいね」

刑事は信夫をはげましてから、玄関のベルを押した。信夫は胸がどきどきした。博士が犯人のひとりなのだろうか。ドアが開くまでの時間が、とても長く感じられた。

「どなたですか」

と、なかから小柄な老人が出てきた。七十歳ぐらいの静かな感じの人だった。大島博士らしい。

信夫はさっきの打ち合わせを思い出し、左手で帽子をとっておじぎをした。犯人ではない。今井宝石店から出てきたふたりのうち、年配の男のほうも、もっと若くそして大柄だった。

その合図を見て、刑事はていねいなことばであいさつした。

「とつぜんおじゃましましたが、警察の者です。大島先生にちょっと教えていただきたいことが……」

「私が大島です。まあ、おあがりください」

博士はみなを応接室に案内した。戦争中に秘密兵器の研究をしていたとは思えない、おとなしそうな人だった。博士は言った。

「ところで、どんなご用なのでしょうか」

「じつは、例の事件のことです。姿なき怪物の事件について、先生のご意見をうかがいたいと思いまして」

「しかし、私には見当もつきません」

「このふたりの少年が思いついたのですが、目を一時的にまひさせる光線を使っているのではないかというのです。たしか、先生はむかし、その方面の研究をなさっていたというお話ですが」

それを聞き、博士は遠いむかしをなつかしむような顔つきで言った。

「なるほど、目をいためる光線とはいい点に気がついたな。たしかに、私は戦争中、軍の命令で殺人光線の研究をやっていました。やりたくはなかったのですが、いやおうなしでした。しかし、完成しないうちに、戦争は終わりました。その時、その関係の資料はすべて焼いてしまいました」

「なぜです」

「こんな研究は、これ以上進めないほうがいい。将来だれかが完成するにしても、私の手ではやりたくない。また、こんな物の出現は少しでもおそいほうがいいと考えたからです。その後は、家にこもって、まったく別な研究をしてきました」

「なにも残っていないのですか、その資料は」

「ええ、焼いてしまいました」

「ご自分で焼いたのですか」

「いや、助手に命じてやらせました」

「なんという助手ですか。参考のために教えてください」

刑事はなにか手がかりが得られればと、手帳を出して質問した。博士は頭に手を当てながら答えた。

「そうですね。なにしろ、ずいぶんむかしのことではっきりしませんが、たしか岡見《おかみ》とかいったと……」

「えっ、それだ、そいつだ」

刑事が大声を出したので、博士はびっくりした。

「どうなさいました」

刑事は今までのいきさつを、手ぎわよく説明してから聞いた。

「それで、岡見という男は、いまどこにいるのでしょう」

「いや、その後会ったことはありません。だからこそ、なかなか名まえが思い出せなかったのです」

という博士のことばで、みながっかりした。せっかく発見した解決への糸口も、ここで消えてしまうのだろうか。

大島博士はしばらく考えていたが、急に立ちあがって、へやのすみの本だなから、写真のアルバムを持ってきた。それを開いて、指さして言った。

「あった、あった。研究所でいっしょにとったものです。この男が岡見です」

みなはいっせいに写真をのぞいた。信夫は顔を見たわけではないが、からだつきなど似ているように思った。

「どことなく、この人のような気がします」

博士はさらに言った。

「ずいぶんむかしの写真ですから、どの程度お役に立つかわかりませんが、お持ちになってけっこうですよ。この目のそばのホクロなどは、いまでもあるでしょう」

刑事は写真を借り、話をもとに戻した。

「ところで、目を一時的にまひさせる光線というのは、できるものなのでしょうか」

博士は二、三分、腕を組んでいたが、やがて答えた。

「あの焼いてしまった資料をもとに、そのごの各分野の成果を組み合わせれば、できないことはないでしょう。ということは、岡見が書類を焼かずに自分でかくしておいて、ひそかに作ったとも考えられますね」

「その光線を防ぐ方法はないのですか」

「ないことはないと思います。最近はプラスチックが進歩していますから、特殊な金属を含ませたプラスチックを使えば、できそうな気がします。だが、すぐに作れとおっしゃられても困ります。やはり時間をかけなくてはなりません」

「どうもありがとうございました。いずれ、ゆっくりとご報告にうかがいます」

刑事はあいさつをし、信夫と弘をうながして、博士の家をあとにした。

大島博士のおかげで、事態はまた少し進展した。警察では借りてきた写真の岡見の部分を拡大し、それをかこんで相談がなされた。

「今井宝石店でたしかめたら、犯人のひとりにまちがいない。さっそくこの写真を新聞に発表し、都民からの申し出を待つとしようか」

「まてまて、そうしたら、犯人が警戒して出てこなくなる。なにしろ、いまのところ、手がかりはこの写真と名まえだけだ。住所さえわからないのだから、変装されたり、かくれてしまったりしたら、それだけ逮捕がおそくなってしまう」

「そうだ。それに、黒い光とかいう主犯のほうは、遠くに逃げてしまうだろう。岡見だけをつかまえても、事件は解決しないのだ」

やがて方針がきまった。新聞への発表は、一日だけのばすことにした。岡見は銀座へあらわれるかもしれず、そこでつかまえることができれば、それに越したことはないからだった。

銀座のビルで

つぎの日。いよいよ問題の日だ。

写真を持った大ぜいの私服の刑事たちは、朝から銀座のほうを警戒しつづけた。とくに宝石店に重点が置かれた。

楽な仕事ではない。一瞬のゆだんもなく、通行人を見張らなければならない。人通りのことに多い銀座だから、緊張のしつづけなのだ。また、犯人の持っている紫外線を出す機械にも気をつけなければならない。それが使われる前に、逮捕する必要がある。

それに、人ちがいも許されないのだ。ちがう人をつかまえては失礼にもなるし、そのさわぎで犯人が気づいても困るのだ。

やがて午後になった。しかし、なんの変化もなかった。ほんとうに銀座でなにかが起こるのだろうか。刑事のなかには、疑問を持ちはじめた者があったかもしれない。

一方、信夫も弘も朝から落ち着かなかった。ふたりは銀座方面に手配がなされていることを、きのうの様子からほぼ知っていた。だが、それをひとにしゃべってはいけないのだ。犯人の耳にでもはいったら、銀座へ出現しなくなる。

話したくても話せないのは、いらいらするものだ。ふたりは授業中、気が気でなかった。だから、学校が終わると、警察へ寄って聞いてみずにはいられなかった。

「刑事さん、犯人はどうなりました」

「まだ、なんの報告もない。たくさんの人ごみのなかから岡見を捜し出すのは、大変なことだよ」

信夫は熱心にたのんだ。

「ぼくも連れていってください。服装や帽子などを見て覚えています。お手伝いしたいんです」

そして、とうとう承知させた。刑事とふたりを乗せた自動車は、事件の待つ銀座へとむかった。

車をおりて歩くうち、道ばたの男のなかに、目であいさつする者がなん人かあった。いずれも警戒中の刑事なのだ。

信夫もあたりの人ごみをながめた。しかし、とまどうばかりだった。だれを見ても犯人のように思えて、しだいに自信がなくなってきた。

信夫と弘を連れた刑事は、一軒の喫茶店にはいった。そして奥のほうの席にいたふたりの男に、声をかけた。

「情勢はどうかね」

「変化なしです」

このふたりの男も刑事だった。ここが連絡場所になっているらしかった。信夫と弘とには、アイスクリームをとってくれた。それを半分ほど食べかけた時、若い刑事が店にはいってきて、低いがはっきりした声で報告した。

「見つけました」

一同はさっと緊張した。

「どこでだ」

「二丁目の宝石店のショーウインドーをのぞきこんでいる男があったので、注意してみると、岡見らしいのです。顔のホクロも写真のと同じでした。すぐつかまえようと思ったのですが、どんな武器を持っているかわかりませんし、通行人に迷惑をかけてはいけません。監視をつづけました」

「ひとりだったのか」

「そうです。店へはいったら逮捕するつもりでいましたが、また歩きはじめました」

「どこへ行ったのだ」

「それをつきとめるため、ふたりがあとをつけています。まもなく連絡があるはずです」

と、言い終わらないうちに、喫茶店の電話が鳴り出した。待っていた報告だった。それを聞き終わった刑事は、みなに言った。

「行き先をつきとめた。東銀座のレオンビルにはいったそうだ。いま、そのへやを見張っているとのことだ。ほかの者にも連絡し、すぐそこへむかおう」

一同は興奮して席を立った。信夫も弘もアイスクリームを残すことなど、どうでもいい気分だった。

刑事たちはすばやく、だが目立たぬようにビルのまわりを取りかこんだ。岡見のはいったのは一階のへやだった。ふたりの刑事はうなずきあい、ドアをノックした。

ドアが開かれたとたん、

「警察だ。動くな」

と、言いながら、なかへ突入した。内部に仲間がいる場合を考えて、拳銃《けんじゅう》をかまえながら乗り込んだのだ。だが、そんな大さわぎをする必要はなかった。

その、あまり広くない室内には、岡見ひとりしかいなかったのだ。いとも簡単につかまってしまった。刑事は信夫を呼んで、たしかめさせた。

「この男に見覚えあるかね」

「はい。たしかにこの服でした。今井宝石店から出てきた人に、まちがいありません」

刑事は手錠をかけられた岡見に言った。

「さあ、岡見。仲間はどこにいる」

「知りません」

「知らないはずはないぞ」

「ほんとうに知らないのです」

いかに強く質問しても、知らないという答えだった。それは事実らしかった。

「知らないというのは、どういうわけだ」

「いつも、電話で連絡してくるのです」

「よし、それなら、電話がかかってきたらおまえが出るんだ。そして、ここに来るように言え。逃がしたりしたら、ただではすまないぞ」

刑事はこう命令した。ほかの刑事たちは、手わけして室内を調べていた。そのうち、机の引き出しのなかから、大型の懐中電灯のようなものを見つけた。

「これはなんでしょう」

「ただの懐中電灯ですよ。電池がきれて、使えません。捨ててしまいましょう」

と、岡見はそしらぬ顔で手を出した。それを見て、信夫はあわてて注意した。

「いけません。それが例の機械かもしれませんよ」

刑事は念のために調べてみた。懐中電灯よりずっと重く、構造も複雑だった。これが問題の品らしかった。岡見はがっかりしていた。これを使って脱出する作戦が失敗したのを残念がっているようだった。刑事は聞いた。

「これが黒い光を出す装置だろう」

「そうです」

岡見はあきらめた声になった。

「どうやって使うんだ」

「そのボタンを押せばいいのです」

とうとう、事件のもととなった装置をつきとめた。みなは珍しそうに、感心したようにながめていた。刑事のひとりが言った。

「ためしてみよう。だれか、こっちへむけてボタンを押してみろ。信夫くん、きみがやってみるか」

信夫は装置を受け取ったが、思いついて言った。

「ためすのなら、片方の目でいいでしょう。片目をつぶってみてください」

そして、ボタンを押した。まわりの人たちにとっては、なんの変化も感じられなかった。しかし、立っていた本人は、

「あっ、暗くなった」

と、驚きの声をあげた。それから、つぶっていたほうの目をあけ、

「いや、明るい」

と、言う。しばらくは、両方の目をあけたりつぶったりしていたが、まもなく、も

とに戻った。

「なるほど、うまくできている」

と、しきりに感心するのだった。

とつぜん、机の上の電話のベルが鳴った。

「さあ、電話に出て、うまく話せ」

刑事は岡見に命じ、すぐそばに耳を寄せ、電話の声を聞きとろうとした。声はこう言っていた。

「おれだ。黒い光だ。これからそっちに行くが、なにか変わったことはあったか」

「ああ、べつにない」

岡見はこう答えざるをえなかった。そして電話を切った。

まもなく、ここへ主犯の黒い光がやってくるのだ。刑事たちはドアの内側で身がまえたり、外の者と打ち合わせをしたりした。信夫は例の装置を指さして言った。

「それを使ってやっつけたらいいでしょう」

「うん。それはおもしろい」

刑事たちは賛成した。だが、念のために拳銃をかまえる者もあった。

五分、十分。いまかいまかと待ちかまえる、重苦しい空気のなかで、時間がたっていった。だれも口をきかず、息づかいがかすかにしていた。

廊下を近づく足音がした。いよいよ来たのだ。足音はドアのそとでとまり、ドアの取っ手がまわり、少し開いた。男の顔がのぞいた。

その男は、室内の様子がおかしいのに気づき、あわてて逃げようとした。しかし、その時はすでに、例の装置からの黒い光が目にはいってしまった。

たちまち廊下でつまずき、横に倒れた。

「それっ」

刑事たちが飛びかかり、なんなく手錠がかけられた。やがて目の見えるようになった男は、手錠を見て、いかにも残念そうな、くやしそうな表情になった。刑事は気持ちよさそうに笑った。

「さあ、行くんだ。それにしても、この道具はわれわれにとっても、思わぬ役に立ってくれたよ」

黒い光と岡見とは、警察の車のほうへと引かれて行った。

警察ではふたりに対する取り調べをおこなった。このふたり以外に犯人の仲間のないことも判明した。

今井宝石店から盗んだダイヤや、そのほかの品物は、大部分が大森の近くのかくれ家から発見された。

岡見は大島博士の戦時中の研究を、焼いたふりをしてかくして持っていたのだった。といって、悪事に利用するつもりはなく、せっかくの自分たちの研究を、灰にしてしまうのが惜しくてならない気持ちからだったのだ。

しかし、そのご、ふとしたことで知りあった黒い光に話してしまった。黒い光は岡見をおどかしたり、金で釣ったりして、とうとう機械を作らせた。最初はいやがっていた岡見も、やっているうちに、しだいにおもしろくなり引きこまれてしまった。

はじめのうちは、酔っぱらいのカバンを取ったり、わずかな金を奪ったりして性能を試験したのだった。それから、宝石など高価なものをねらいはじめた。つかまらなかったら銀行を襲う計画だったという。謎《なぞ》がとけないままだったら、あるいは成功したかもしれない。

科学的な発明は、それがひとたび世に出てしまうと、永久にかくしつづけることはできない。出現したからには、悪用されないよう努めるのは人間の責任だ。

大島博士は黒い光を防ぐプラスチックの研究をはじめた。また、他の学者は有益な利用法を開発しようとしている。害鳥や害虫の退治法、猛獣のいけどり法などにも利用できるだろう。

眼科の治療に役立つかもしれないし、テレビの映像を鮮明にする方法に、うまく使えるかもしれない。

信夫も弘も学校の人気者になった。夏子のおとうさんからは、宝石がかえったお礼にと、けんび鏡を買ってもらった。しかし、そんなことよりも、科学というものについていろいろ知り、考えさせられた経験のほうが、もっと貴重な収穫と言えた。

月の裏側基地第1号

月世界到着！

滝のそばにいるような、ロケット逆噴射の音がふいにとだえた。船内はいっせいに静かになった。乗員たちは、だれひとり、口をきく者もなかった。月へ到着した瞬間の感激を味わっているためだった。

私はベルトをはずし、いすから立ちあがって、窓の外を見た。月の光景がひろがっていた。音もなくつづいている砂漠。砂漠といっても、地球の砂よりはずっと細かい。それがホコリとなって舞うこともなく広がっているながめは、無気味な感じをいだかせた。

そして、遠くにはけずったような、けわしい山脈。すべてが太陽のギラギラする明るさのなかで、静かに輝いていた。いっぽう、山のかげとなると、空と同じく、なにひとつ見わけられない暗黒だった。この死の世界は、われわれに対して、どんな歓迎をしてくれるのだろうか。

「副隊長。行動についての命令を出してください」

と、隊員のひとりが私に言った。

「もうしばらく、待て」

私は答えながら腕を組んだ。この宇宙船は基地建設のための先発隊となって、地球を出発してきたのである。乗り込んでいるのは、隊長と私と、部下が五人だった。隊長はすぐれた科学者で、月についてはくわしい知識を持っていた。だが、思わぬ事故で、隊長が活動できなくなってしまった。

宇宙船が月への着陸態勢にはいりかけた時、座席ベルトがゆるみ、隊長が壁にぶつかって、気を失ってしまったのだ。生命に別条はなかったが、意識がもどらないままなのだ。

そのため、私が指揮をとることになった。だが、私は宇宙船の操縦にはくわしくても、月についてはよく知らない。また、地球と無電で連絡をとろうにも、この地点は月の裏側にあたり、電波がとどかないのである。だが、いつまでも黙ったままでいるわけにはいかない。

「貨物ロケットはまだか」

と聞いた。

「はい。順調にこちらにむかっています」

「よし。この近くに誘導しろ」

私たちの宇宙船を追って、六台の貨物ロケットが、自動操縦でまもなく到着することになっていた。それにつんであるのは、建設用の資材と水だった。大部分が水とも言える。

かわききった月の世界では、水がなにより貴重だった。人間の活動するまえに、水の用意をしておかなくてはならない。われわれの任務は簡単な基地を作ることと、貨物ロケットの水を保存し、後続隊を待つことなのだ。

宇宙船の窓の外は、カラカラの砂漠と真空だけがある。こんな所では人間は一瞬も生きてはいかれない。水こそ生命そのものだった。飲料のみならず、電気分解をすれば、呼吸のための酸素ともなる。

「貨物ロケット、着陸をはじめます」

電波で誘導していた係りが報告した。窓から見つめていると、六台のロケットが軽く逆噴射をしながら、砂にめりこむように、つぎつぎと着陸し終わった。それが無事に完了して、私はほっとした。一台でもこわれたら、これからの計画にさしつかえるのだ。

これらの水を、第二次隊以後のために、安全に確保しておくのが第一の目的である。だが、その計画にくわしい隊長の意識がもどらないと、どうやっていいのか、よくわからない。

私は前に聞いたことを少しずつ思い出した。貨物ロケットのなかに、特殊合金で作られたタンクがあるはずだ。それを出して組み立て、ロケットの水を移せば安全な貯蔵ができるだろう。

「みな、宇宙服をつけろ。宇宙帽の無電をよく点検しておけ。それから、水を貯蔵するためのタンクの組み立てをやるから、道具を用意しろ」

と、私は命令をした。一同が宇宙服をつけ終わると、二重ドアからつぎつぎと出た。はじめて踏む月の地面。砂はやわらかかった。地球では重い宇宙服も、重力の少ないここでは、それほどに感じられない。足がめりこんで歩きにくいこともなかった。

最初の事故

われわれは列を作って歩き、手近にある一台にむかっていった。その時、先頭を進んでいた部下のひとりが、一つの貨物ロケットを指さし、大声で叫んだ。その声は、みなの宇宙帽のなかでひびいた。

「たいへんです。あれを見てください」

「どうしたのか」

「水がふき出しています」

われわれは、あわててそれに近よった。船体の一ヵ所にヒビがはいり、そこから蒸気となって水がほとばしっている。真空のなかに飛び散った水は、もはや二度と回収することができないのだ。

原因はなんなのだろう。月の昼間の温度は百度を越える。だが、このことは当然計算に入れてあった。しかし、まわりからの反射光による熱までは計算に入れてなかったのではないだろうか。それとも、飛行中に隕石《いんせき》がかすめて、ヒビが大きくなったのだろうか。だが、今は原因を考えるより、処置のほうが先だった。

「おい。第一班はヒビをふさげ。第二班はほかの貨物ロケットからタンクを出し、大急ぎで組み立てろ」

その作業が進められた。ヒビに応急処置をするいっぽう、タンクの組み立てが行なわれた。そして、パイプで水を移したが、すでに半分が失われていた。

つづいて、ほかのタンクも満たされた。六つのタンクが、われわれの宇宙船のまわりに並べられた。水は五台半分に減ってしまったが、熱の変化に強い特殊合金製のタンクなら、もう、これと同じような事故はおこらないだろう。われわれは、この作業を終えるまで六時間かかった。

宇宙船にもどり、簡単な食事をし、われわれは休息をとることにした。交代で見張りとなり、眠ることにした。もっとも、眠るといっても、太陽は斜め上からギラギラと輝いている。月では二週間おきに昼夜が交代する。暗くなるのは、あと三日かかる。

だが、作業の疲労のため、まもなく眠けが訪れてきた。

しかし、それもつかのま、宇宙船になにかがぶつかる音がした。それと同時に、見張りに立っていた者の叫びがした。

「たいへんです。起きてください」

「どうした」

「隕石群です。タンクがやられました」

じょうぶな金属の、この宇宙船には被害がなかった。だが、窓から見てみると、目をおおいたくなるような光景だった。苦心して移したタンクが二台こわれ、その貴重な水は、乾いた砂漠のうえに散り、みるみる消えていった。私はため息をついた。

「ああ、六台も水を運んできて、使いもしないのに、もう三台半分に減ってしまった」

「運が悪かったのです。タンクの上に隕石を防ぐ屋根をつけましょう」

部下がこう提案してきた。私は記憶を失ったままの隊長を、うらめしく見つめた。そして、隊長の顔をひっぱたいた。おもしろくないせいでもあったが、意識がもどってくれるかもしれないと思ったからであった。だが、隊長は眠ったままだった。私は自分で考える以外になかった。

「よし。貨物ロケットの外側を分解して、屋根を作ろう」

大きな隕石が、またタンクを破壊する確率は少ないように思えた。だが、そうだからといっておこたってこれ以上の損害をひきおこすことは許されない。

われわれは三日がかりで、その作業を完成した。それが終わるころ、夜が訪れてきた。太陽が遠い山脈にゆっくりとかくれ、山の影が砂漠のうえを、こっちに伸びてきた。そして、われわれの宇宙船を越えると、あたりは真のやみとなった。

しかし、照明の用意はある。宇宙船の上部にある強力なライトに電流がはいり、あたりに光を送りはじめた。

だれもかれも疲れはてていた。疲れていないのは、気を失ったままの隊長だけだった。食事を終えると、みなは倒れるように眠ってしまった。あまり疲れていて、交代で見張りに立つことができないほどだった。

苦しい作業

どれくらい眠ったろうか。私は目ざめて時間を見ると、十二時間がたっていた。そして、タンクの無事をたしかめるため、窓の外に目をやって、身ぶるいした。またも二台のタンクがこわれているのだ。

「おい、みな起きるんだ。タンクがこわれた」

部下のひとりが宇宙服を着て、その原因を調べに出ていった。それを見送り、水が一台半分しか残っていないことを考え、たまらなくなった。着いてから水のことばかりに熱中し、基地の建設は少しも進んでいない。そのくせ、六台の水を一台半にへらしてしまったのだ。

部下がもどってきた。タンクの破裂の原因は氷結だった。

月の夜は零下百度以上に冷える。この昼とはまったく反対の寒さは、あらゆるものを冷やす。水は氷結によって体積を増し、その強い力でタンクをこわしたのだ。もっとも、このために保温用の電熱がつけられていた。しかし、その点検が不十分で、水が凍ってしまったのだ。屋根を作る作業に夢中になり、そのほうが不注意だったのだ。

だが、今さらくやんでもしかたがない。みんなは宇宙服を着て外出し、飛び散った氷を拾い集め、そのいくらかを回収することができた。残ったのは二台分ということになる。

これではどうにもならない。われわれ先発隊だけの、これからの必要量ぎりぎりなのだ。とても、第二次隊以後のぶんはない。しかし、計算によると、第二次隊は地球を出発してしまった日時だ。

基地の建設が進んでないのはしかたないとして、水の用意のない所に第二次隊を迎えることはできない。私は部下を集めて、事情を話した。

「不運が重なり、こんな事態になってしまった。これでは第二次隊を迎えるわけにはいかない。第二次隊の宇宙船が上空にあらわれたら、通信をして、引き返してもらわなければならない。それにつづいて、われわれも飛び立って帰るのだ。残念だがしかたがない。しかし、残った二台分の水は、次の計画に役だたせるため、ここに貯蔵しておきたい。なにかいい案はないか」

みなはたび重なる不運と疲れのため、頭の働きが鈍っていたが、少しずつ知恵を出しあった。だれも専門家でないので、たいした案は出なかったが、それでも、やがて作業の計画がまとまった。

水のタンクを地下に埋めるのだ。そうすれば、昼間の熱にやられることもなく、夜の寒さの影響も少ない。また、たとえ隕石が落下してきても、やわらかい砂のため、こわれることはないだろう。それによって、残った二台分の水だけは確保しよう。

われわれは、ただちに作業をはじめた。疲れきっていたが、月に来てなにもせずに帰るのは、はずかしいことなのだ。貨物ロケットのなかをさがし、プラスチックの板をみつけた。それを曲げて円筒を作り、砂のなかに打ちこんだ。こうして、なかの砂を掘り出せば、穴ができる。乾いた砂がくずれて埋まることもないのだ。

簡単な土木工事用の装置を使い、われわれはその作業を進めた。寒い月の夜の部分で、照明をたよりに、われわれは夢中で働いた。だが、働きすぎて、注意をおこたった。

またも一台のタンクが氷結し、破裂したのだ。同じ失敗を二回もくりかえすのは、だれもの頭がよく働かなくなっていたからにちがいない。

頭の働きはおとろえていたが、心はイライラしていた。単調な月の、暗い夜のなかで、完成してもあまり名誉でない作業を進めているのだから。

そして、穴だけは少し深くなった。どれくらい掘れば、いいのかわからなかったが、少しでも深く掘れば失敗がつぐなえるかのように、みなは穴を掘り進めた。

第二次隊の宇宙船の到着の時間が近づいてきた。考えてみると、われわれは全力をあげてきたのだが、六台の水を、一台にへらし、穴を掘っただけのことだった。それなのに、第二次隊の通信にはずかしい応答をしなければならないのだ。

私は宇宙船にもどり、通信の用意をしようとした。その時、穴の底にいる部下が大声をあげた。

「ばんざい」

私は彼の頭がおかしくなったのかと思った。私だって気がちがいたい気分だ。だが、ほうってはおけない。

「どうしたんだ。ばんざい、などとは」

「ばんざいですとも。水です。水です」

信じられないが、私は、穴の底におりてみた。すると、そこに氷があった。調べてみると、たしかに氷で、このあたりの地下に層をなして存在していることがわかった。

疲れが消えてゆく思いで、われわれは肩をたたきあった。なぜだかわからなくても、水のあったことはたしかなのだ。

その時、上空に光の尾が動いた。見あげると、第二次隊の宇宙船が旋回している。私は宇宙船にかけもどり、通信を送った。

「こちらは第一次の宇宙船」

返信がもどってきた。

「着陸していいか。水はだいじょうぶか」

「どうぞ着陸してください。運んできた以上の水があります。安心してください」

私の肩から、重い荷物がおろされた思いだった。部下たちも、手を振りながら着陸を迎えた。

第二次隊の宇宙船には、医者が参加していて、隊長の手当てをし、意識をとりもどさせることができた。私は隊長に今までのあらましを報告した。それについての隊長の説明によると、地下の氷は地底の岩石から分離した水で、このことは予想されていたことだそうだ。だが、その水脈にめぐりあうことは、たいへんな幸運なのだそうだ。

この氷の泉には私の名がつけられ、その後の基地の建設は順調に進んだ。そして、地球へ帰る日には、すべてが楽しい思い出と変わった。私は、大むかしから人々がながめ、親しみつづけてきたこの月には、やはり女神があって、地球からの訪れを歓迎したのではないか、と思えてしようがなかった。

謎《なぞ》の宇宙船

早く基地へもどれ！

ミノルは、赤っぽい色をした砂丘にのぼって、宇宙服のプラスチックごしに、あたりを見まわした。地平線のかなたまで起伏しながら、赤い砂漠がひろがっている。

ここは火星だ。鉱物の研究をするにいさんと、ミノルがこの火星の基地に来てから、ほぼ一年たった。だが、火星の一年は、地球の約二倍もある。来たばかりの時は、なにもかもめずらしいながめだったが、こんなに長くいると、すっかり見あきてしまった。それに火星には遊ぶ所もないのだ。ミノルは、たいくつすると宇宙服に着がえて、この砂丘にのぼった。ここにのぼると、プラスチックでできた、大きな基地のドームや、そばに立ちならんでいる、なん台かのロケットなどがながめられた。だが、それらのほかは、どこまでもひろがる、赤い砂漠だけだった。動くものはなに一つない。

「なにか、事件でもおこらないかなあ」

ミノルは、こうつぶやいた。

その時、宇宙帽のなかで声がした。

「みなさん。基地の外へ出ているみなさん。早く基地へもどってください」

これは、基地からの無線電話なのだ。だが、こんなふうにあわてた声のことは、はじめてだった。

「ぼく、ミノルです。どうしたんですか」

と、ミノルは聞いてみた。しかし、基地は大さわぎらしく外へ出ている人に、いちいち答えていられないとみえ、声は、

「みなさん、早くもどってください」

と、くりかえしていた。いったいなにがおこったのだろう。たいへんなことらしい。

ミノルは大急ぎで砂丘をおりて、基地へむかってかけだした。

基地では、みんなが大さわぎしていた。ミノルは、にいさんのへやにとんでいって聞いた。

「ねえ、にいさん。どうしたの？」

「レーダーに、なにか見なれない物がうつったのだ。それがしだいに近づいてくる」

「地球からのロケットじゃないの？」

「それなら、無電に応答するはずだが、いくらよびかけても返事をしない。大きな隕《いん》石《せき》かもしれないが、隕石なら、あんな飛び方はしない。つまり、正体がわからないのだ」

にいさんにも、よくわからないのだった。すると、へやのスピーカーが、基地の本部からの発表を告げた。

「みなさん。レーダーにうつった物体は、見たこともない形のロケットでした。地球からのものではありません。このドームから南の、すこしはなれた地点に着陸するようです。攻撃して来るかどうかはわかりませんが、ゆだんはできません」

「にいさん、のぞいてみましょう」

ミノルはにいさんの手をひっぱって、南むきのへやにかけこんだ。そこには、すでに大ぜいの人が集まっていて、ドームの外を指さしながら、ささやきあっていた。

「あんなロケットで、どこから来たのだろう」

「へんな形をしている。どんなやつが乗っていて、なにしに来たのだろう」

人々のさわぎをよそに、なぞのロケットは着陸にうつっていた。地球のロケットなら、赤いほのおを噴射するのだが、そのロケットは、青いほのおを出していた。そのほかにも、地球のものとちがう点はいくつもあった。大きさは同じくらいだが、花びんのように下のほうがふくらんでいたし、色はピカピカした金色だった。あんな形のロケットは、地球にはない。

「未知の宇宙人が、やってきたのだ。どうしたら、いいだろう！」

だれかが、こうさけんだが、こんなことは予想もしなかったので、どう計画をたてていいのか、だれも、ただ見つめるばかりだ。そのうち、謎のロケットは着陸しおわった。さあどんなやつが出てくるだろう。ミノルは小型望遠鏡を目にあてた。ほかの人たちも、同じように望遠鏡を出し、声も出さずに見つめていた。

まもなく、謎のロケットのふくらんだ下部に、四角な穴がポッカリあいた。そして、そこから三人が出て来た。地球人ににているが、その色はまっ黒で、おどろいたことには、宇宙服らしいものを着ていなかった。

「すごい！　やつらは宇宙服なしで、だいじょうぶなのだろうか。それとも、科学が進歩しているので、宇宙服をつけなくてもすむ、別の方法を用いているのだろうか」

みんなは、こんなことをさけびあいながら、つぎになにがはじまるかと、息をのんだ。きっと、なんの変化もない砂漠のなかに、ポツンと建ったドームに気づき、こっちへやってくるだろう。そして、すごい武器で攻撃しかけて来るかもしれないのだ。

しかし、三人の宇宙人は、ドームのあるこちらを見ようともせず、見なれない機械を持って、ロケットのまわりを歩きはじめた。それは、なにかをうめているようでもあり、検査しているようにも見えた。

「にいさん、やつらはなにをしているの？」

ミノルはにいさんに聞いたが、にいさんも、

「さあ、鉱物でも採集して、調べているのじゃないかな」

と、自分の研究と結びつけて考え、想像がつかないようだ。

だれにも、わけがわからないうちに、夜となった。火星の夜は、空気がうすいので星が美しい。しかし、今夜は星をながめるどころではなかった。あの謎のロケットが、暗くなるにつれ、すこしずつ光りはじめたのだ。そして、すっかり暗くなると、すばらしい黄金色にかがやきを増した。美しくはあったが、不安と恐怖にみちたながめだった。

ロケットはかがやきながら、ときどき白い霧のようなものを、あたりにまきちらした。やつらは、なにをはじめるのだろう。

ミノルはずっと見つめていたが、さきほどから緊張のしつづけだったので、まもなくねむくなり、ベッドへもどっていった。

一夜にして草原が

つぎの朝、基地でのさわぎはますます大きくなっていた。ミノルはとびおきて、窓のそばへかけより、外を見てびっくりしてしまった。

謎のロケットのまわりには、きのうまではなかった、緑色の草原ができていたのだ。

ミノルはにいさんに聞いた。

「にいさん、どうして草がはえたの？」

「よくはわからないが、やつらが、きのうロケットのまわりでやっていたことは、どうやら植物のタネをまいていたのだろう。朝になると、あんな草原ができていた。きっと、ロケットの発する金色の光線と、まきちらした白い霧のようなものによって夜のあいだに生長したのだろう。すごい生長の早さだ。地球の科学では、火星で植物を育てることにも成功していないというのに」

と、にいさんも首をかしげていた。だが、みんなのおどろきは、時間とともに、ますます大きくなっていった。植物はさらに育ち、昼近くには、やつらのヒザぐらい、つまり五十センチにものびた。そして、三人の黒い宇宙人は、休むことなく、そのあいだを歩きまわって、霧のようなものをふきかけたり、かたむきをなおしたりして、植物の世話をしつづけていた。

ついに、基地のなかでは、全員が集まって会議が開かれた。基地の本部長は、みんなを前にして相談した。

「みなさん。きのうから見ているように、やつらは謎のロケットのまわりに植物を育てている。意見があったら言ってください」

すると、ひとりはこう言った。

「あのようすから見ると、どうも火星を開拓にきたらしい。せっかく、われわれが先にたどりついているのに、あの調子で植物をふやされたら、こちらは負けてしまうだろう」

別なひとりは、青い顔をしてこう言った。

「いや、そんななまぬるいことではあるまい。やつらは地球を攻撃するつもりだろう。そのため、まず、ここに基地をつくって、後続部隊が集結するのをまって、地球におそいかかるにちがいない。やつらの機先を制して早くやっつけよう」

だが、本部長はそれを制した。

「待て！　やっつけるといっても、とてもわれわれには歯がたつまい。へたに攻撃すると、反対にやられてしまうだろう。それに、まだ、やつらが敵意をもっているときめつけるのは早すぎるのではないか」

そこで、基地から、やつらによびかける試みが始められた。まず、音を出してみた。音波は、火星のうすい大気のなかを伝わっていったが、やつらはふりむきもしない。つぎに、各種の電波を送ったが、なんの反応も示さなかった。最後に、強い光をあててみた。光は顔のあたりに当たり、明滅したがかれらは、ドームのほうに、なんの注意もむけなかった。こうして、黒い宇宙人に対する話しかけは、失敗に終わった。

そのころになると、例の植物はさらにのび、一メートルぐらいになっていた。みんなはますます心配になってきた。

「だめです。なんの反応もありません。われわれごときは、物の数とも思っていないのでしょう。本部長！　地球からはなんの指示もないのですか」

この質問に、本部長はこまったような顔をして答えた。

「そのことなのだ。わたしとしても、この事態を一刻も早く地球へ連絡して、指示や応援をうけたいのだ。だが、あいにくこのところ通信不能の時期にはいっているので、まだしばらくは、無電が打てない」

一同は、それを聞いてがっかりした。火星と地球の位置が太陽をはさんで、ちょうど反対側にある時期は、電波が太陽にじゃまされて、通信ができなくなるのである。

その時、ミノルのにいさんが進み出て言った。

「わたくしがロケットに乗って、連絡に行きましょう。ロケットで、地球に無電のとどく位置まで早く行き、そこから連絡してみましょう。一刻も早く、この状態を地球に知らせなくてはなりません。やつらに不意打ちされたら、地球はたいへんです」

にいさんにつづいて、ミノルも言った。

「ぼくも行きます。にいさんといっしょならこわくないし、ぼくだって、なにか手伝わなくては……」

本部長はしばらく考えていたが、重々しい口調で言った。

「では、たのむぞ。地球に早く知らせるには、それ以外に方法がない。しかし、くれぐれも注意してくれ」

基地のそばのロケットに燃料が入れられ、ミノルとにいさんが乗りこむとみんなの期待のうちに、ロケットは飛びたった。だが、三人の宇宙人たちは、そんなことに目もくれず、いぜんとして植物を育てつづけていた。

宇宙の空間を飛びつづけるロケットのなかで、ミノルは、また、にいさんに聞いた。

「にいさん、やつらはなにをはじめるつもりでしょうね」

「わからんな。しかし、地球を攻撃にかかるのだったらすごい用意はしてきただろうね。きっと」

ロケットは静かに進みつづけていた。

その時、ロケット内にブザーの音がひびいた。にいさんは、レーダーをのぞきこんだ。レーダーになにかがうつった警報なのだ。

「おい、ななめ右前方に、こんな見なれない物体がただよっている。隕石ではなさそうだ。近よって調べてみよう」

にいさんはハンドルをまわし、ロケットは大きくカーブを切った。そして進みつづけると、窓ごしに、想像もつかないような物が見えてきた。それは黄色の、巨大な円盤状のもので、ゆっくりと回転をつづけていた。

「にいさん、あれはなんでしょうか」

「うむ。地球のものではない。おそらく、どこかの星の宇宙船だろう」

「火星にやってきたやつらと、関係があるのでしょうね」

「ああ、火星におりたロケットの母船にちがいない。あのなかには、やつらの仲間が大ぜいのっているだろう。もうすこし近よって観察してみよう」

ふたりのりのロケットは、速力をゆるめ、未知の宇宙船へ近づいた。一方、火星の基地に対してこの報告を送った。

〈……というわけです。われわれは近よって、ようすを確かめてみます。できたら、なかに侵入してみましょう〉

基地からは、すぐ返事がきた。

〈そうか。だが、やつらはなにをたくらんでいるのかわからないのだ。あまり危険はおかさないでくれ〉

〈しかし、地球攻撃を準備しているのなら、いまのうちにゆだんしているところを、おさえたほうがいいと思います〉

ふたりは、未知の宇宙船の近くでロケットをとめた。相手はゆだんしているのか、おびきよせるつもりか、なんの攻撃もしかけなかった。だがここまで来て、ひき返すことはできない。

「なんとか、あのなかへしのびこめないかな」

「きっと回転している円盤の中心部に、入り口があるにちがいない。行ってみよう」

にいさん助けて！

ふたりは宇宙服に着かえ、特殊拳銃《けんじゅう》を手にして外へ出た。空間をおよいで円盤にたどりつき、しだいに回転する円盤の中心部へたどりついた。

「ボタンがあります。押してみましょう」

ボタンのようなものを押すと、そこに、まるい穴があいた。ここが入り口らしい。

ふたりはしばらく考えていたが、ついになかへはいってみた。すると、うしろでドアがしぜんに閉じた。出るにはどうしていいかわからず、もはや、帰れないのかもしれないのだ。

ミノルとにいさんは覚悟をきめて、あたりを見まわした。宇宙帽の、音を伝える装置は、なんの反応もせず、あたりが静かであることを示していた。動くものはなにもなく、ただ、殺風景なろうかがつづいていた。ふたりは無電で話しあった。

「へんだな。だれもいない」

「注意して、もうすこし進んでみよう」

ろうかのような通路を進んでいくと、とつぜん、広いへやに出た。そして、そこの光景を見て、あまりの意外さに、ふたりはかまえていた拳銃を落としそうになった。そこには、数えきれないほどの、ガラスのような、透明な細長い箱がならべられてあった。しかし、それはただのガラス箱ではなく、そのなかにそれぞれ、人が横たわっていた。ねむっているようだったが、呼吸も身動きもせず、死んでいるのかとも思えた。

「わっ、だれだ。にいさん、助けて！」

とつぜん、ミノルがさけんだ。なにものかにつかまれたのだ。にいさんはびっくりして、むきなおった。そして、ミノルをつかまえている、火星で見たのと同じような、黒い宇宙人を見た。そこには、もうひとりいて、にいさんのほうにも歩みよっていた。

にいさんは、拳銃を持ちなおし、ミノルをつかまえているやつに発射した。この特殊拳銃は強い力をもっていて、たいていの物はつらぬいてしまうのだ。だが、相手はすこしも苦しそうなようすを見せない。ついに、ふたりはおさえつけられ、小さなへやに閉じこめられてしまった。

「にいさん、とうとう、つかまってしまったね。ここからはとても逃げだせそうにないよ。火星の基地の人たちは、さぞ心配しているだろうね」

「ああ、これで地球へ知らせることもできなくなった」

「だけど、さっきの広いへやで、ガラスのような箱にはいって、横になっていた連中はなんでしょうね。死んでいるんでしょうか」

「いや、死んでいるのではないだろう。きっと、なにかの方法で冬眠状態になっているにちがいない。遠い宇宙から来るのには、地球と火星とのあいだ以上に、長い年月がかかるのだ。そのため、冬眠状態になって宇宙旅行をし、目的地についてから、活動をはじめるのだろう」

「じゃあ、あの連中は、まもなく目をさますのだね。そして、火星で作った植物を食料として、地球をおそうのだね。そうなったらたいへんだな」

「ああ、たいへんだ。だが、なにをするにしても、まず、ここから出なくてはならない」

しかし、どう調べても、あばれても、ドアは開かなかった。

「だめだ。これ以上動くと、宇宙服の酸素がへるばかりだ」

ミノルとにいさんは、もはや、どうにもならないと知ってしだいに心細くなってきた。

ふたりは首をうなだれた。

とつぜん、ふたりの閉じこめられているへやのドアが開いた。そして、ひとりの宇宙人がはいってきて、つめたい表情で言った。

「あなたがたを調べました」

ふたりはおどろいて、聞きかえした。

「どうして、ぼくたちのことばが話せるのです。あなたがたはなぜ、火星にあんな植物を育てはじめたのです。それから、地球をどうしようというのですか」

すると、相手はゆっくり答えた。

「このへやは、一つの装置になっているので、なかにいる人の考えていることや言うことがわかるのです」

にいさんは相手に言った。

「そうだったのか。しかし、この宇宙船はなんの目的をもって来たのです？」

「われわれは、文明のひじょうに進んだ星の住民です。この宇宙船は一種の観光船で、ほうぼうの星をまわり、いま、故郷の星へ帰るところです。星と星とのあいだは、あなたがたが見られたように、箱のなかでねむっているのです」

「では、火星で植物を育てたのはなぜですか？」

「ねむりつづけているあいだも、ときどき、ある薬品を注射しなければならないのですが、今度の旅は長びいてしまって、その薬品がなくなりかけているのです。そこで、火星とかいう星にたちよって、薬品をとるための植物を育てたのですよ」

「しかし、ぼくたちはおどろきましたよ。なにがはじまるかと思ってね。ぼくたちはなんとかして話しかけようとしたが、ちっとも感じてくれなかった」

「それはしかたありませんよ。あの箱のなかでねむっているお客さんのほかは、みんなロボットですから。火星へ行ったかれらは、植物を育て、薬品を作ることしかできないのです。わたしも船長ですが、ロボットなのですよ」

「あなたもだって?」

と、ふたりは同時に言った。

「ええ、そうです。では、あなたがたをおかえししましょう。ほかの人たちにも、おどろかして悪かったと伝えてください。まもなく、火星で育てた植物の実を持って帰ってくるでしょう。そしたら、すぐ出発します」

ミノルとにいさんは、すべての事情がわかって、ほっとして答えた。

「はい。みんな安心するでしょう。しかし、せっかくここまで来たのですから、わたしたちの地球を見物していったら、どうでしょう。ぜひ、よっていってください」

「さそっていただいてありがたく思います。しかし、さっきお話したように、残念ですが、予定がおくれて、今回はその時間がありません。だが、このへんの地球という星が、そんなに進歩しているとは知りませんでした。このつぎにはぜひ立ち寄るように、帰ったら、わたしから、よく報告しておきましょう」

あたりがすこしざわめいた。火星に植物を育てにいっていた仲間がもどってきたらしい。

「では、まもなく出発です。さようなら」

と、船長ロボットが言った。ふたりは「さようなら」と答えたが、気がついたようにつけ加えた。

「ぼくたち、ねむっているお客さんにも、あいさつしたいな」

「では、こちらへ」

船長ロボットは、箱のならんでいるへやに、ふたりを案内した。ふたりが近よってのぞいてみると、ねむっている人たちは、だれも頭がよく、平和そうな顔つきだった。そしてロボットたちのように黒くもなかった。ふたりは、心のなかであいさつした。

船長ロボットと別れ、ふたりがロケットにもどり、窓から見ていると、巨大な宇宙船は動きはじめ、速力をまして、やがて遠ざかって行った。

「ああ、行ってしまった。まったくすごい文明を持った人たちだったね」

「さあ、なによりもまず、基地に報告しよう」

にいさんが、無電で基地をよびだすと、基地からは、心配したような声がかえってきた。

〈やあ、無事だったか。連絡がとだえて心配したぞ。それから、植物を育てていたやつらは、実のようなものを集めおわると、すべてを焼きはらい、なんのあとも残さず飛び去ってしまった。まったく、わけがわからん。そっちは、どうだった〉

にいさんは、すべてを報告した。

〈……というわけです。かれらは遠い星の住人で、冬眠用の薬品を得るために、火星に植物を育てによったのです。たったいま、出発していきました〉

基地からの声は、安心したようすになったが、すぐ残念そうな調子になった。

〈そうだったのか。それなら、もっと、いろいろ教えてもらえばよかったな。おしいことをした〉

〈でも、かれらは、また来ると言っていました。その時に教えてもらいましょう。だが、それまでに、もっと地球の科学を高めておかないと、こちらで受け入れることができないかもしれませんよ〉

ロケットは火星の基地に近づき、着陸にうつりはじめたが、ミノルは、宇宙船の去

って行った方角をいつまでも見つめていた。そして、

「こんど、あの人たちが来る時は、帰りにぼくやにいさんを乗せてってくれないかな。あの人たちの星を見物したくてならないな」

と、考えつづけていた。

ピーパ星のさわぎ

基地からの通信

「もしもし、地球の宇宙開発本部。受信を願います。こちらは土星の第二衛星の基地建設隊です。応答してください」

限りなく広がる宇宙空間を越えてきた無電の電波は、地球のまわりをまわる中継用の人工衛星をへて、本部の大きなアンテナにはいった。

「こちら宇宙開発本部。通信をどうぞ」

と本部が答えると、建設隊からの無電の声は、おこったような調子にかわった。

「おいおい、われわれのことを、ほったらかしておくつもりなのかい。いったい、どうするつもりなんだ」

これに対し、本部はとまどった感じの声で答えた。

「まあ、落ち着いてくれ。とつぜん、どなっても困るじゃないか」

「いや、落ち着いてなんかいられない。この前の通信で、われわれの苦しんでいる事情をくわしく説明し、そちらも了解してくれたはずだ。それなのに、その後なんの音さたもない。宇宙進出の最前線でがんばっているわれわれ開拓隊だ。その意気をくじくような扱いをされては困るじゃないか。どうしてくれるんだ」

「それは誤解だ。そんなつもりは少しもない。こっちは別に落度《おちど》はないはずだが、なにをそんなにおこっているんだ」

「いったい、これがおこらずにいられるか、というところだぜ。われわれはこの土星の第二衛星にやってきて以来、基地の建設に全力をあげて努力しつづけてきた。最初のうちは予定どおりの能率があがっていたが、このごろ、作業の進みぐあいがどうもおくれがちだ」

「そういえば、その報告は前に聞いたことがある」

「たよりない返事だな。もう一回くりかえすから、よく聞いてくれ。建設がはかどらなくなった原因をいろいろ調べてみたが、原因はつぎの三つだ。まず、神経を使う仕事ばかりなので、だれもよく眠れないのだ。第二に、眠れないためか休養が十分にとれず、力が出なくて、仕事の能率があがらない。第三に、男ばかりである点だ。女性がいないとうるおいやなごやかさがかけ、みなの気持ちがとげとげしくなる。けんかばかりしていて、このままだと、いまに大さわぎになるかもしれない。といっても、危険の多い宇宙の仕事だから、女の人を簡単に送ってもらえないことはわかっている。われわれもそんな無理なことは要求しはしない。だが、できうる範囲でなんとかしてほしいのだ」

「そうか。思い出したぞ。その報告はたしかに前に聞いている」

「聞いているなら、なぜそのまま、ほっておくのだ」

基地からの通信の声はおこっていた。しかし、本部からの返事はこうだった。

「ほっておきはしない。もちろん女性を送るわけにはいかないが、とりあえず役に立つものを小型ロケットにつんで、送っておいたはずだ」

「しかし、まだ、受け取っていない」

「おかしいな、時間的には、もうとっくにとどいているころなので、すっかり安心していたのだが。まて、ちょっと調べてみる……。ははあ、たしかに発射はされている。だが、そのしばらくあとで、宇宙線が一時的に強くなった時期があった。そのため、ロケットの誘導が乱されて方角がそれてしまったのかもしれない。まだ、ついていないのなら、おそらくそのためだろう」

「なるほど、そうかもしれない。そうとわかれば、こっちもおこることはなかった。だが、作業の能率が落ちたままの状態では困る。早く手配してくれ」

「よし、さっそくもう一台を発射させよう。内容は三種の薬だ。使用法はビンに書いてあるから、それを読んで適当に使ってくれ。そちらの基地が完成すれば、大型ロケットで娯楽用の品物や、趣味の品物も送れるようになるが、それまでは、これでがまんしてほしい」

やっと誤解はとけた。

「わかった。われわれもぜいたくは言わない。その薬で能率をとりもどし、早く大型ロケットを受け入れられる基地を完成するようがんばるつもりだ。では、これで通信を終わろう」

「では活躍を祈る」

無電による通信は終わった。まもなく、地球の本部からは、小型の無人貨物ロケットが発射され、静かな宇宙を土星の方角にむかってとびはじめた。

だが、そのころ、前に発射されたロケットも、方角がそれたまま、太陽系を飛び出して、どこへというあてもなく、進みつづけていた……。

バロの祈り

ここは緑色をおびた大きな太陽の下の、ピーパ惑星の上だ。ピンク色の草の茂る高原には、石をつみ重ねて作った簡単な城があった。そのなかにはこの地方に勢力をふるうレラという名の若い王がいた。

「ものども、なにかいい考えはないか」

レラ王は毛むくじゃらの耳をピンと立て、頭の上の二本の角をキラキラ光らせながら、家来たちに言った。毛むくじゃらでピンと張った耳も、二本の金色の角も、この惑星の住民の特徴なのだが、王のはさすがに、家来たちより大きな耳だったし、角の手入れもいいので、その輝き方はすばらしかった。

「はあ、考えてはおりますが」

家来たちは、いい考えの浮かばないまま、まぶしそうに目を伏せた。

「わしは早く隣国を攻め、征服したいのじゃ。もっと領地をひろげたいのじゃ」

レラ王はイライラしたような口ぶりで、じれったそうに声を高めた。

「しかし、そうしようにも、隣国のやつらは、なにしろ兵士が多うございますから、そう簡単にはまいらないだろうと思いますが」

なにか言わないと悪いので、家来のひとりは恐る恐るこう答えた。しかし、レラ王はうなずいた。

「わかっておる。そこをなんとか征服したいからこそ、おまえたちに意見を求めているのだ。なにかいい考えを申してみよ」

これに対して、バロという名のひとりの家来は、角に手をやりながら言った。

「どうも、あまり良い考えとは思われませぬが、よろしければ……」

「よい、申してみよ」

「神に祈って、その助けをかりたらいかがかとぞんじます」

「うむ、それは名案かもしれぬ。少ない人数で、より多い隣国を攻めようとするのが、そもそも無理なことじゃ。その無理を行なおうとするからには、神の助けをかりなければならぬ。これはまことに合理的な考え方であろうな」

「おそれいります」

提案をしたバロは、王にほめられ、いささかうれしげに耳をぴくつかせた。

「では、さっそく、それにとりかかろう。だれにやらしたものか。そうじゃ、やはり言い出したおまえがいい。あの岩山の上に行って、早く祈り、神の助けを持ち帰れ。わしは早く隣国を征服したいのじゃ。ぐずぐずしてはおれぬ。神の助けを持ち帰れぬのなら、おまえは打ち首じゃ」

耳をぴくつかせていたバロは、その動きをふいにとめた。これはとんでもないことになったものだ。

だが、王の命令とあってはいまさらひっこむわけにはいかない。

「では、でかけてまいります」

と頭を下げ、岩山への道を長い足でピョンピョンととびはじめた。

やれやれ、ひどいことになったものだ。神の助けを持ち帰らねば打ち首とはな。こんなことになるのなら、なにも言い出さなければよかったのだ。どうも、おれは少しばかり頭がよく、少しばかり自制心がないので、いつも貧乏くじをひいてしまうようだ。

こう、つぶやきながら、バロは岩山の頂にたどりついた。緑色の太陽は、ちょうど真上から照りつけていた。

バロは深呼吸をひとつし、その太陽に向けて腕をさしのばした。

「ああ、天にいらっしゃる神よ。われわれはすぐれたレラ王のもとに、隣国を征服しようと考えております。だが、隣国は強く、われわれはふつうの手段ではとても勝てそうにありません。そこで、天にいらっしゃる神の助けをおかり致さねばならないのです。お願いです神様、われわれの祈りを聞きとどけ、お力をおかしください」

バロは、これくらいでどうだろうと、目を開いた。だが、あたりの景色にも、緑色の太陽にもなんの変化もなかった。

これはいかん。なんの変化もないではないか。このままでは打ち首にされてしまう。そして、前より熱をこめ、ふたたび祈りはじめたのだ。

「天にいらっしゃる神よ。なんとかお助けください。このままでは私は打ち首です。神様を思い出し、それを口に出した私が打ち首になっては、あまりにもひどい。神の信用にもかかわります。なにとぞ、隣国を征服するお力をおかしくださるよう……」

バロは時のたつのを忘れて、その祈りに熱中した。

しばらくたち、バロはふいに耳なれぬ音を聞いた。強い風が木の枝をこするような音だったが、それよりはるかに激しい音で、しかも、それは上のほうから響いてくるようだった。

「や、妙な音がするぞ」

バロは祈るのをやめ、大きな耳を動かしながら、目で空を捜しはじめた。そして、ついに空の一角に見たこともないものが現われたのをみとめた。

「あんなものが飛んでくる」

それは細長く、銀色に輝いた物体で、しだいにこっちに飛んできつつあった。

「なんで、あんなものが、あらわれたのだろう。いったい、だれが作ったのだろう。とてもわれわれには……」

だが、この疑問もすぐにとけた。神にちがいない。これだけ熱心に祈ったあげくにあらわれたのだから。

それは当然、神のくだしたまわったものでなければならなかった。バロは岩山の上で喜びのあまり、なんどもはねまわって、その物体の近づくのを迎えた。

銀色の物体は、速力をましてさらに近づき、岩山の中腹に勢いよくつっこみ、ものすごい音と地ひびきとをたてた。

バロはそれにつれ、もう一回、さらに高く、飛びあがらざるをえなかった。そして、つぶやいた。

「なんという乱暴なことだろう。神というものは、何事も静かにそっとなさるものと思っていたが、こんなひどい音と共にほうりなげてよこすとは。だが、まてよ。こっちで祈ったのが戦いに関係あることだったので、そのほうの係りの神様に通じたのかもしれない。戦いの神ならば、少々手荒なことをなさるのも、むりもない。まあいい。祈りが通じたのだし、神からの応援の品も届けられた。これで打ち首にならないですむし、王も喜ぶ。それに戦いには勝つだろう。ひとつ、神のおよこしになったものを見て、王に報告にもどるとしよう」

バロは中腹につっ込んだ銀色の物体に近づいた。それは大きな岩のかたまりにぶつかったせいか、先端がこわれていた。

「や、ピカピカ光って、なかなか美しいものだな。さすがは神の作ったものだけのことはある。だが、先のほうがこわれているようだな。神のなさることに、たまには、やりそこないもあるとみえる。いったい、なかには何がはいっているのだろう」

バロはこわごわ、その先のほうのこわれた部分からのぞきこんだ。そして、なかにこぼれている、たくさんの白い小さな粒を見つけた。

それは今の衝撃でこわれた、すき通った入れ物のなかから出てきたらしいとわかった。その入れ物には、こまごまと小さな模様のようなものが書き込まれてあったが、もちろん、バロにはなんのことやらわからなかった。

「神はすばらしいものを作るな。こんな透明の入れ物など見たことがない。それに、この小さな虫がいっぱいに並んだような模様。しかし、いったい、この白い粒はなんなのだろうか。これをどう使ったらいいのだろうか。まあ、持ちかえって王に報告するとしよう」

バロは手をつっこみ、その白い小さな粒を両手に持てるだけ持って、またピョンピョンとはねながら、山を下った。

「王様、ただいまもどりました」

王は待ちかねたように耳を張り、身をのりだした。

「そうか。ごくろうであった。早かったな。ところで、神への祈りは通じたかな」

「もちろん、私の祈りが通じないはずはありません」

「それはよかった。神はどんな助けをくだされたのじゃ」

「私は岩山の上で熱心に祈りつづけました。そのありさまを王にごらんいただけなかったのは、まことに残念で……」

「よし、わかっておる。おまえはさぞ熱心に祈ったであろう。だが、今は時間がないのじゃ。わしは早くその結果を知りたい」

「すると神は、天の一角から銀色の物体を投げてよこされました。それは勢いよく岩山の中腹にぶつかりました」

「うむ。さては、さっきの地ひびきはその音であったか。そして、その物はどんな物であったのか」

「私はさっそくそれに近より、なかをのぞきこみました。すると、このようなものが、いっぱいつまっておりましたのです」

と、バロはてのひらを開いた。急いではねながらもどる途中、大部分は落としてしまったが、粒はいくらか残っていた。レラ王は、それを珍しげにのぞきこんだ。

「白い小さな粒とは、まったく見たこともないものであるな。だが、これをどう使ったものであろうか。これを持っておれば敵に負けないのだろうか。それとも、これを敵にぶつけたものだろうか。神はこの使い方については何も申されなかったか」

「さあ、べつになんとも聞きませんでした。しかし、これを持ち帰ったのですから、打ち首はごかんべんを」

バロはびくびくしながら、頭をさげた。

「よし、まあいいとしよう。だが、使い方がわからぬとは困った。そうだ、おまえ、これを食べてみろ。おそらく、これは神の食べ物にちがいないから、何かすばらしい効果があるものと考えられる」

「え、私がそれを……」

だが、王の命令ではさからえなかった。バロはこわごわそれを口に入れた。

「どうじゃ。味はどうじゃ」

「はい。かすかに苦いような……。あ、あ、あーっ」

と、バロは言い終わらないうちに、大きなあくびをし、たちまちそこに倒れてしまった。

「おい、これはどういうことじゃ。だれか助けてやれ」

「はい」と、ほかのものはあわててかけよった。そして、角をたたいたり、耳をひっぱったりして調べあった。

「どうじゃ。まさか死んだのではあるまいな」

「いや、死んではおりません。眠っている様子です。こう急に眠ってしまうとは、まことに考えられぬできごとで、今までに聞いたことがございません」

「それは、神の食べ物のせいじゃろう。だが、これがなんで隣国を征服する役にたつのであろう」

レラ王をはじめ、一同は神の心をはかりかねて、首をかしげた。

その白い粒が、じつは土星の衛星基地でイライラして眠れなく、休養が十分にとれないでいる者のために送られた睡眠薬だったとはわかるわけがなかった。

レラ王の作戦

「なぜ神がこんなものをくだしたまわったのであろう」

と、レラ王をはじめ一同が首をかしげているうちに、しばらくして、白い粒を飲んだ家来のバロは目をさました。

「おっ、起きたようじゃ。おい、大丈夫か」

「はい、大丈夫でございます。だが、なんで、ああ急に眠くなったのか、まったくわけのわからないことでございました」

とのバロの答えに、レラ王はふいに大声をあげた。

「わかったぞ。やはりこれは神のすばらしい助けじゃ」

「どう使うのでございましょうか」

「あの白い粒はこっちで使うものではない。あれは敵に食べさせればよいのじゃ。そうすれば敵はぐっすりと眠りこける。その時に押しよせれば、いかに敵が大ぜいでも簡単に征服できるというわけじゃ」

「なるほど、さすがは王様。すばらしいお考えです。それでこそ神の助けで、われわれが勝利をおさめることができるわけでございます」

だれもがこのすばらしい神の助けに大喜びした。これなら負けるきづかいはなく、その上、敵に殺されるおそれもない。この神の助けをさっそく活用しないという法はない。みなの意気は高まった。

何人かが銀色の物体に出かけ、そのなかから透明な入れ物を運んできた。そして、岩のかけらをぶつけて、それを割り、なかからたくさんの白い粒を出した。

「こんなにあれば、隣国の征服は十分でございますな」

「まだ銀色の物体のなかには残っているらしいから、惜しげもなく使え。なくなれば、また神に祈れば手にはいるじゃろう」

と、レラ王も相好をくずしながら指図をした。大量のごちそうが作られ、白い粒はそのなかにまぜられた。

「さあ、みなのもの、これを隣国にみつぎものとして届けてまいれ」

使者の一行はピンク色の草原のなかの道を通って、隣国にむかった。そして、彼らの王の城よりいくらか大きな隣国の城の門にたどりついた。

「私どもはとなりの国のレラ王の使いとしてまいりました。これからは、私どもの国をよろしくお導きくださるよう、お願い申します。これはわれわれのレラ王からのみつぎものです。ぜひ、みなさんで召しあがってくださいませ」

隣国の住民は喜んで受けとった。

「これはこれは、まことにありがたい。じつは、あなた方はわれわれの国を攻めようとしているのではないかと、考えていたのですが、そう平和なつきあいを望んでおられるとは意外でした。だが、これでその心配はなくなり、まことにめでたい。そのみつぎものは、さっそくみなで食べることにいたしましょう」

すべて計画は順調に進んだ。使者はもどって、レラ王にこう報告した。

「うまくいきました。まもなくやつらは眠ってしまうことでございましょう」

「そうか。じつに神の助けとはありがたいものであるな。では、さっそく戦いの用意をいたせ」

レラ王の命令により、家来たちは石おの、石弓などの武器をひっぱりだした。こんな楽な気持ちの戦いは今までになかったことだ。悲壮な気分は少しもただよっていなかった。

「さあ、でかけるのだ」

緑色の太陽の傾きぐあいで時間をはかっていた王は、部下をひきつれ、隣国へと進んだ。

「よし、さあ攻めかかれ」

部下たちは石おのをふりまわしながら、城の門へと攻めこもうとした。だが、その時、まったく予期しないことが起こったのだ。眠りこけているはずの住民たちが勢いよくそれをむかえ撃ったのだ。彼らは大声でこう叫んだ。

「やい。さっきは使者をよこして平和をよそおっておきながら、そのあとで攻めてくるとはなにごとだ。みな殺しにしてやるぞ」

その勢いはじつにすばらしいもので、とても手むかえるものではなかった。レラ王とその部下は、たちまち追いかけられる羽目におちいった。

「これはどうしたわけだ。たしかに連中はあの白い粒をまぜた食べ物を食べたはずだが」

だれもかれも逃げまわり、逃げまわりながらふしぎがった。

基地で休養をとったあと、これを飲めば活力がぐんと増し、作業の能率が非常に上昇する薬であったとはわかるわけがなかった。

敗戦

隣国の連中の反撃は当たるべからざる勢いだった。

「逃げろ、逃げろ。とてもこれでは歯がたたない」

レラ王はこう命令した。部下たちは息をきらせながらそのあとにつづいた。

「王様、これはなぜでしょう。神の助けがこんなことになるとは、どうもふに落ちないように思えてなりませぬが」

「うむ。わしもその点がふしぎでならぬのじゃ」

「あの白い粒の使い方をまちがえたと考えますが、いかがでしょう。あれを敵に飲ますなど、どうも神のなさり方にしては、少しばかり複雑なような気がしてなりません」

「おお。そうじゃ。あの白い粒は、やはり飲めば力をます神の食べ物であったのじゃろう。われわれの試みたのは運悪く、そのできそこないの一つに当たったのにちがいない。だが、こうはっきりわかれば、今からでもおそくない。たしか、あの銀色のもののなかには、まだ残っているはずだ」

「王様。やつらが追いついてきました。まごまごしていると、われわれはみな殺しにされてしまいます」

部下たちが指さしてさわぐとおり、隣国の連中は、

「まて、とんでもないやつらだ。みな殺しにしてやる」

「そうだ、なんだかしらないが、きょうはからだじゅうに力がみなぎって、からだの調子がばかにいい。このぶんだと、きさまらの角をつかんで頭をひき裂くこともできそうだ」

などと、口々に叫んで追いかけてくる。しかも、逃げるほうは息をきらせているのに、追ってくるほうは、少しも疲れを見せていないのだ。

「王様、あの勢いです。まごまごしていると、ひねり殺されてしまいます。どうしましょう」

「よし、みなのもの。あの銀色の物のところまで逃げろ。そして、残っている白い粒をこっちでも食べるのだ。そうすれば、われわれもあいつらに負けず強くなれるぞ。さあ、もうすぐだ。急げ」

と、レラ王は賢明な判断を下し、部下を急がせて、神の下したまわった銀色の物体をめざし、岩山をかけのぼった。そして、やっとたどりつき、先のほうのこわれた部

分から手をさしこんで、なかをさぐった。

「どうだ。まだこれだけある。やつらなどに負けないですむぞ」

レラ王は白い粒のつまった透明な入れ物を手に、ほっとしたような顔つきになった。しかし、部下はこんなことを言った。

「どうも、さっきのと入れ物の形が少しちがうようです。それに、入れ物についている、虫の並んだような模様も、ちがうように思えますが」

「なに、そんな違いはどうでもいい。白い粒に変わりがない。ぐずぐずしているわけにはいかぬ。敵はもうだいぶ迫ってきたではないか」

たしかに、隣国の連中は、もはやすぐ近くまで追いついてきていた。王の部下たちは銀色の物体のなかから、透明な入れ物をつぎつぎとひっぱり出し、そばの石にぶつけて割った。

「早く飲むのじゃ。敵方に渡さないように残らず飲んでしまえ」

レラ王はこう命令しながら、自分でもたくさんの白い粒を口に押しこんだ。追いすがる敵のむれに打ち勝つには、できるだけたくさんの量を食べたほうがいいと考えたからだった。

追いかけてきた隣国の連中はさらに迫った。だが、どうしたことか、レラ王と、その部下のからだには、いっこうに力が湧《わ》いてこないのだ。しかも、今までより、いくらか力が抜けたように思えた。

「ああ、もうだめだ、殺されてしまう以外にない」

と、みなが岩山に腰をおろし、運命の最後の時を待った。ついに隣国の連中が追いついた。しかし、彼らも目を丸くして首をかしげた。

「これは驚いた。追いついてみたら、こんな連中であったとは」

「これでは殺すわけにいくまい。連れて帰るとしよう」

「そうだな。われわれの王もさぞ喜ぶにちがいない。だが、追いつめてみたら、こんなこととは、まったく意外なことだな」

もちろん、いくらふしぎがっても、その理由がわかるはずはなかった。

これは女性がいなくて困っている基地へ送るために最新の研究で完成された、高性能の性転換剤、つまりこれを飲めば、男性を女性に変えてしまう薬であったのだ。

ふしぎがる王妃

性転換剤によって女性となってしまった一同は、殺されることもなく、隣国の城内につれてゆかれた。そのなかでも、最も多くその薬を飲んだレラ王は、最も女らしい女になり、隣国の王の王妃になり、たいへんかわいがられることになった。望むことはなんでもかなえてくれる。つまり、実質的にその国の支配力をにぎったも同然という立場になれたのだ。そして、

「あたしは望んだように、両国を思いどおりにできる立場になれたわ。神への祈りというのも、たしかにかなえられるものね。だけど、神様も、なぜあんなまわりくどい方法をおとりになったのかしら」

と、時々、空をみあげてつぶやくが、とてもわかることではなかった。

松本大洋が描く　星新一の「おーい　でてこーい」

あの社は、いつから
あったのだろう
なにしろ
ずいぶん草らかった…
ひどくやられた
ものだ。
このへん
だったかな
いや
もう少し
あっちだった
ようだ
……
おい
この穴は
いったいなんだい。

おーい　でてこーい

台風が去って、すばらしい青空になった。

都会からあまりはなれていないある村でも、被害があった。村はずれの山に近い所にある小さな社《やしろ》が、がけくずれで流されたのだ。

朝になってそれを知った村人たちは、

「あの社は、いつからあったのだろう」

「なにしろ、ずいぶん昔からあったらしいね」

「さっそく建てなおさなくては、ならないな」

と言いかわしながら、何人かがやってきた。　（冒頭を抜粋）

生まれて初めて「面白い！」と思った小説をマンガにしました。

この小説は中学校の国語の教科書で読みました。国語の授業って「作者がここで言いたかったことは何？」なんて聞かれて、とても退屈でしょう。子ども心にも「大人の押しつけだ」と思っていました。ところが、この小説は違っていました。家に帰ってからも何度も読み返したくらい。生まれて初めて「面白い！」と思った小説です。

ぼくは、小学校のころはマンガばかり読んでいたし、小説は勉強ができる子が読むものだと思いこんでいましたから(笑)。

ショックを受けたのはラストシーンです。これから「どうなってしまうんだろう」と想像して怖くなりました。うまいですよね。久々に読み直してみて、環境問題とかゴミ問題といったテーマをあの時代に扱っていることにも驚かされましたし、何といっても表現のスマートさが凄《すご》い。

星作品の一部を描かせていただきましたが、星ワールドの持っている淡々とした無機的なイメージを、ぼくのような土の匂《にお》いのする絵で表現するとどうなるんだろう、という期待と不安はありましたね。

いろいろ考えた末に、結局一番オーソドックスなスタイルで冒頭部分を描くことにしました。

続きはぜひ、星さんの原作で読んでください。

〈「ダ・ヴィンチ」2001年5月号より再録〉

（まつもと・たいよう　漫画家）

★「おーい　でてこーい」は、星新一著『ボッコちゃん』に収録本書は平成十二年三月出版芸術社より刊行された『気まぐれスターダスト』から「ふしぎな夢」「謎の星座」「新しい実験」「奇妙な機械」「病院にて」「エフ博士の症状」「憎悪の惑星」「黒い光」「月の裏側基地第1号」「謎の宇宙船」「ピーパ星のさわぎ」を収録しました。

星新一著
ボッコちゃん
ユニークな発想、スマートなユーモア、シャープな諷刺にあふれる小宇宙！　日本ＳＦのパイオニアの自選ショート・ショート50編。

星新一著
ようこそ地球さん
人類の未来に待ちぶせる悲喜劇を、卓抜な着想で描いたショート・ショート42編。現代メカニズムの清涼剤ともいうべき大人の寓話。

星新一著
気まぐれ指数
ビックリ箱作りのアイディアマン、黒田一郎の企てた奇想天外な完全犯罪とは？　傑出したギャグと警句をもりこんだ長編コメディー。

星新一著
ほら男爵現代の冒険
〝ほら男爵〟の異名を祖先にもつミュンヒハウゼン男爵の冒険。懐かしい童話の世界に、現代人の夢と願望を託した楽しい現代の寓話。

星新一著
ボンボンと悪夢
ふしぎな魔力をもった椅子……。平和な地球に出現した黄金色の物体……。宇宙に、未来に、現代に描かれるショート・ショート36編。

星新一著
悪魔のいる天国
ふとした気まぐれで人間を残酷な運命に突きおとす〝悪魔〟の存在を、卓抜なアイディアと透明な文体で描き出すショート・ショート集。

星新一著
おのぞみの結末
超現代にあっても、退屈な日々にあきたりず、次々と新しい冒険を求める人間……。その滑稽で愛すべき姿をスマートに描き出す11編。

星新一著
マイ国家
マイホームを〝マイ国家〟として独立宣言。狂気か？　犯罪か？　一見平和な現代社会にひそむ恐怖を、超現実的な視線でとらえた31編。

星新一著
妖精配給会社
ほかの星から流れ着いた〈妖精〉は従順で謙虚、ペットとしてたちまち普及した。しかし、今や……サスペンスあふれる表題作など35編。

星新一著
宇宙のあいさつ
植民地獲得に地球からやって来た宇宙船が占領した惑星は気候温暖、食糧豊富、保養地として申し分なかったが……。表題作等35編。

星新一著
午後の恐竜
現代社会に突然巨大な恐竜の群れが出現した。蜃気楼か？　集団幻覚か？　それとも立体テレビの放映か？――表題作など11編を収録。

星新一著
白い服の男
横領、強盗、殺人、こんな犯罪は一般の警察に任せておけ。わが特殊警察の任務はただ、世界の平和を守ること。しかしそのためには？

星新一著

妄想銀行

人間の妄想を取り扱うエフ博士の妄想銀行は大繁盛！　しかし博士は、彼を思う女からとった妄想を、自分の愛する女性にと……32編。

星新一著

ブランコのむこうで

ある日学校の帰り道、もうひとりのぼくに会った。鏡のむこうから出てきたようなぼくとそっくりの顔！　少年の愉快で不思議な冒険。

星新一著

人民は弱し　官吏は強し

明治末、合理精神を学んでアメリカから帰った星一（はじめ）は製薬会社を興した――官僚組織と闘い敗れた父の姿を愛情こめて描く。

星新一著

おせっかいな神々

神さまはおせっかい！　金もうけの夢を叶えてくれた〝笑い顔の神〟の正体は？　スマートなユーモアあふれるショート・ショート集。

星新一著

ひとにぎりの未来

脳波を調べ、食べたい料理を作る自動調理機、眠っている間に会社に着く人間用コンテナなど、未来社会をのぞくショート・ショート集。

星新一著

だれかさんの悪夢

ああもしたい、こうもしたい。はてしなく広がる人間の夢だが……。欲望多き人間たちをユーモラスに描く傑作ショート・ショート集。

星新一著
未来いそっぷ
時代が変れば、話も変る！ 語りつがれてきた寓話も、星新一の手にかかるとこんなお話に……。楽しい笑いで別世界へ案内する33編。

星新一著
さまざまな迷路
迷路のように入り組んだ人間生活のさまざまな世界を32のチャンネルに写し出し、文明社会を痛撃する傑作ショート・ショート。

星新一著
かぼちゃの馬車
めまぐるしく移り変る現代社会の裏の裏のからくりを、寓話の世界に仮託して、鋭い風刺と溢れるユーモアで描くショートショート。

星新一著
エヌ氏の遊園地
卓抜なアイデアと奇想天外なユーモアで、夢想と現実の交錯する超現実の不思議な世界にあなたを招待する31編のショートショート。

星新一著
盗賊会社
表題作をはじめ、斬新かつ奇抜なアイデアで現代管理社会を鋭く、しかもユーモラスに風刺する36編のショートショートを収録する。

星新一著
ノックの音が
サスペンスからコメディーまで、「ノックの音」から始まる様々な事件。意外性あふれるアイデアで描くショートショート15編を収録。

星新一著
夜のかくれんぼ
信じられないほど、異常な事が次から次へと起こるこの世の中。ひと足さきに奇妙な体験をしてみませんか。ショートショート28編。

星新一著
おみそれ社会
二号は一見本妻風、模範警官がギャング……。ひと皮むくと、なにがでてくるかわからない複雑な現代社会を鋭く描く表題作など全11編。

星新一著
たくさんのタブー
幽霊にささやかれ自分が自分でなくなってあの世とこの世がつながった。日常生活の背後にひそむ異次元に誘うショートショート20編。

星新一著
なりそこない王子
おとぎ話の主人公総出演の表題作をはじめ、現実と非現実のはざまの世界でくりひろげられる不思議なショートショート12編を収録。

星新一著
どこかの事件
他人に信じてもらえない不思議な事件はいつもどこかで起きている――日常を超えた非現実的現実世界を描いたショートショート21編。

星新一著
安全のカード
青年が買ったのは、なんと絶対的な安全を保障するという不思議なカードだった……。悪夢とロマンの交錯する16のショートショート。

星新一著 ご依頼の件

だれか殺したい人はいませんか？ ご依頼はこの本が引き受けます。心にひそむ願望をユーモアと諷刺で描くショートショート40編。

星新一著 ありふれた手法

かくされた能力を引き出すための計画。それはよくある、ありふれたものだったが……。ユニークな発想が縦横無尽にかけめぐる30編。

星新一著 凶夢など30

昼間出会った新婚夫婦が殺しあう夢を見た老人。そして一年後、老人はまた同じ夢を……。夢想と幻想の交錯する、夢のプリズム30編。

星新一著 どんぐり民話館

民話、神話、SF、ミステリー等の語り口で、さまざまな人生の喜怒哀楽をみせてくれる31編。ショートショート一〇〇一編記念の作品集。

星新一著 これからの出来事

想像のなかでしかスリルを味わえない絶対に安全な生活はいかがですか？ 痛烈な風刺で未来社会を描いたショートショート21編。

星新一著 つねならぬ話

天地の創造、人類の創世など語りつがれてきた物語が奇抜な着想で生まれ変わる！ 幻想的で奇妙な味わいの52編のワンダーランド。

星新一著

明治の人物誌

野口英世、伊藤博文、エジソン、後藤新平等、父・星一と親交のあった明治の人物たちの航跡を辿り、父の生涯を描きだす異色の伝記。

星新一著

天国からの道

単行本未収録作品を集めた没後の作品集を再編集。デビュー前の処女作「狐のためいき」、1001編到達後の「担当員」など21編を収録。

北村薫著

スキップ

目覚めた時、17歳の一ノ瀬真理子は、25年を飛んで、42歳の桜木真理子になっていた。人生の時間の謎に果敢に挑む、強く輝く心を描く。

北村薫著
おーなり由子絵

月の砂漠をさばさばと

9歳のさきちゃんと作家のお母さんのすごす、宝物のような日常の時々。やさしく美しい文章とイラストで贈る、12のいとしい物語。

北村薫著

リセット

昭和二十年、神戸。ひかれあう16歳の真澄と修一は、再会翌日無情な運命に引き裂かれる。巡り合う二つの《時》。想いは時を超えるのか。

北村薫著

ターン

29歳の版画家真希は、夏の日の交通事故の瞬間を境に、同じ日をたった一人で、延々繰り返す。ターン。ターン。私はずっとこのまま？

新潮文庫編

文豪ナビ 芥川龍之介

カリスマシェフは、短編料理でショーブする――現代の感性で文豪の作品に新たな光を当てる、驚きと発見に満ちた新シリーズ。

新潮文庫編

文豪ナビ 川端康成

ノーベル賞なのにィこんなにエロティック？――現代の感性で文豪の作品に新たな光を当てた、驚きと発見が一杯のガイド。全7冊。

新潮文庫編

文豪ナビ 太宰治

ナイフを持つまえに、ダザイを読め!! 現代の感性で文豪の作品に新たな光を当てた、驚きと発見が一杯の新読書ガイド。全7冊。

新潮文庫編

文豪ナビ 谷崎潤一郎

妖しい心を呼びさます、アブナい愛の魔術師――現代の感性で文豪作品に新たな光を当てた、驚きと発見がいっぱいの読書ガイド。

新潮文庫編

文豪ナビ 夏目漱石

先生ったら、超弩級のロマンティストだったのね――現代の感性で文豪の作品に新たな光を当てる、驚きと発見に満ちた新シリーズ。

新潮文庫編

文豪ナビ 三島由紀夫

時代が後から追いかけた。そうか！ 早すぎたんだ――現代の感性で文豪の作品に新たな光を当てる、驚きと発見に満ちた新シリーズ。

最相葉月著
絶対音感
小学館ノンフィクション大賞受賞
それは天才音楽家に必須の能力なのか？　音楽を志す誰もが欲しがるその能力の謎を探り、音楽の本質に迫るノンフィクション。

塩野七生著
イタリアからの手紙
ここ、イタリアの風光は飽くまで美しく、その歴史はとりわけ奥深く、人間は複雑微妙だ。——人生の豊かな味わいに誘う24のエセー。

塩野七生著
イタリア遺聞
生身の人間が作り出した地中海世界の歴史。そこにまつわるエピソードを、著者一流のエスプリを交えて読み解いた好エッセイ。

佐江衆一著
黄落
ドゥマゴ文学賞受賞
「黄落」それは葉が黄色く色づいて落ちること。父92歳、母87歳。老親と過ごす還暦夫婦の凄絶な介護の日々を見つめた平成の名作。

須賀敦子著
トリエステの坂道
夜の空港、雨あがりの教会、ギリシア映画の男たち……、追憶の一かけらが、ミラノで共に生きた家族の賑やかな記憶を燃え立たせる。

須賀敦子著
地図のない道
私をヴェネツィアに誘ったのは、一冊の本だった。イタリアを愛し、本に愛された著者が、水の都に刻まれた記憶を辿る最後の作品集。

梨木香歩著
エンジェル エンジェル エンジェル
神様は天使になりきれない人間をゆるしてくださるのだろうか。コウコの嘆きがおばあちゃんの胸奥に眠る切ない記憶を呼び起こす。

河合隼雄ほか著
こころの声を聴く
―河合隼雄対話集―
山田太一、安部公房、谷川俊太郎、白洲正子、沢村貞子、遠藤周作、多田富雄、富岡多恵子、村上春樹、毛利子来氏との著書をめぐる対話集。

河合隼雄著
こころの処方箋
「耐える」だけが精神力ではない、「理解ある親」をもつ子はたまらない――など、疲弊した心に、真の勇気を起こし秘策を生みだす55章。

河合隼雄著
猫だましい
心の専門家カワイ先生は実は猫が大好き。古今東西の猫本の中から、オススメにゃんこを選んで、お話しいただきました。

河合隼雄
村上春樹著
村上春樹、河合隼雄に会いにいく
アメリカ体験や家族問題、オウム事件と阪神大震災の衝撃などを深く論じながら、ポジティブな新しい生き方を探る長編対談。

村上春樹著
村上T
―僕の愛したTシャツたち―
安くて気楽で、ちょっと反抗的なワルの気分も味わえる！ 奥深きTシャツ・ワンダーランドへようこそ。村上主義者必読のコラム集。

新潮文庫最新刊

塩野七生著
ギリシア人の物語1
―民主政のはじまり―
名著「ローマ人の物語」以前の世界を描き、現代の民主主義の意義までを問う、著者最後の歴史長編全四巻。豪華カラー口絵つき。

吉田修一著
湖の女たち
寝たきりの老人を殺したのは誰か？　吸い寄せられるように湖畔に集まる刑事、被疑者の女、週刊誌記者……。著者の新たな代表作。

尾崎世界観著
母《おも》影《かげ》
母は何か「変」なことをしている――。マッサージ店のカーテン越しに少女が見つめる、母の秘密と世界の歪《いびつ》。鮮烈な芥川賞候補作。

志川節子著
日日是好日
芽吹長屋仕合せ帖
わたしは、わたしを生きろう。縁があっても、独りでも。縁が縁を呼び、人と人がつながる「芽吹長屋仕合せ帖」シリーズ最終巻。

仁志耕一郎著
凜と咲け
―家康の愛した女たち―
女子《おなご》の賢さを、上様に見せてあげましょうぞ。意外にしたたかだった側近女性たち。家康を支えつつ自分らしく生きた六人を描く傑作。

西條奈加著
因果の刀
金春屋ゴメス
江戸国からの阿片流出事件について日本から査察が入った。建国以来の危機に襲われる江戸国をゴメスは守り切れるか。書き下し長編。

ふしぎな夢《ゆめ》

新潮文庫　ほ－4－52

平成十七年九月一日発行
令和五年八月二十五日十五刷

著者　星《ほし》新《しん》一《いち》
発行者　佐藤隆信
発行所　株式会社新潮社
郵便番号　一六二－八七一一
東京都新宿区矢来町七一
電話　編集部(〇三)三二六六－五四四〇
　　　読者係(〇三)三二六六－五一一一
https://www.shinchosha.co.jp

価格はカバーに表示してあります。

乱丁・落丁本は、ご面倒ですが小社読者係宛ご送付ください。送料小社負担にてお取替えいたします。

印刷・株式会社光邦　製本・株式会社大進堂

ISBN978-4-10-109852-4 C0193